二度目の過去は君のいない未来

高梨愉人

集英社文庫

二度目の過去は君のいない未来

1

「どうしたの、その顔」

出迎えてくれた陽子《ようこ》が、驚きと戸惑いの入り交じった声を上げた。

薄暗い玄関先の空気がぴんと張り詰める。僕が黙ったまま靴を脱いで重い足取りで洗面所へと向かうと、陽子が追いかけて来て背広の上着を剝ぎ取った。洗面台に立った僕の腫れあがった右頰を、鏡越しにじっと見つめる。

「ねえ、大丈夫？　何があったの？」

ハンドソープのポンプが、ガスガスと間の抜けた音を立てる。掌《てのひら》で泡立てて、入念に洗い流す。

「何でもないよ」

「いやいや……怪我《けが》してるじゃん」

心配してくれているのは分かるが、彼女の言葉の端々が心に擦れてひりひりと痛む。

こんなみじめで情けない自分を見られたくないという幼稚なプライドがそうさせるのか、

つい刺々《とげとげ》しい反応をしてしまう。とにかく今はそっとしておいてほしい気分なのだ。

「ちょっと待ってて。冷やさないと」

ドタバタとした足音が、キッチンの方へと遠ざかっていく。束《つか》の間《ま》だが、独りきりになれたことにほっと息を吐いた。

鏡を見る。紫色に滲《にじ》み、腫れた右頬。それ以上に、生気のない目をした自分の顔に驚く。酷《ひど》い顔だ。見つめていると、じわじわと虚《むな》しさが込みあげてくる。

「こっち向いて」

陽子がハンドタオルを巻きつけた保冷剤らしきものを手に、僕の肩を叩《たた》いた。頬に当てられると、生地のふわっとした感触のあとから、じんわりと冷たさがやってくる。

「痛い？　病院行く？」

「いいや」

「本当に大丈夫？」

僕がうなずくと、陽子は心配そうに僕の肩をぽんと叩いた。

「じゃあ、自分で持ってて。落ち着いたら晩ご飯にしようか。その間に支度するから」

晩ご飯というワードは少し憂鬱だった。口の中が切れてあちこち痛むからだ。けれど、自分のためにてきぱきと動き回る陽子に掛ける言葉が見つからない。何よりこれ以上この顔に触れて欲しくないという気持ちの方が勝った。

先に風呂に入る、と台所に立つ陽子に告げると、慌てて追いかけて来てネクタイとカッターシャツを脱がされ、背中越しに靴下も脱いでと言われる。毎度のことだが、これに関しては僕が悪い。脱いだ服をハンガーに掛けたり洗濯機に入れたりという当たり前のことを僕がやろうとしないから。三十歳を目前にして、七歳も年下の妻に子供のような扱いをされているなんて、とても教え子には見せられない姿だ。

湯気が立ち込める浴室で、僕はぼんやりと今日起こったことを思い出していた。高校の教室。担任を受け持つ三年二組の授業だ。窓際の一番前。十月の穏やかな日差しがちょうど柱に遮られ、影になった机に彼はいた。教室は殺伐とした空気で、一部の生徒は興奮気味に立ち上がって彼を指さし、四方八方から怒号が降り注いでいる。僕は背中を押されるように彼の机に歩み寄った。

この異様な雰囲気に煽《あお》られて、少し感情的になっていたのかもしれない。

彼の手元から一冊の本を奪い取り、諭すように言葉を並べた。立ち上がった彼は僕の襟を摑《つか》んで引っ張り、次の瞬間には拳が飛んできた。

シャワーを止める。目をつむったまま、そっと右の頰に手を添えた。剝《む》き出《だ》しになった敵意が、この身体に刻まれている。その事実を思い知るにつれ、僕はどうしようもなく体の力が抜けていくのを感じた。

「で……何があったの？」

また始まった。目の前の陽子からそれとなく視線を逸《そ》らして、漬物を慎重にぽりぽりとかじる。

「黙らないでよ。だって心配だし。そんな顔して帰ってきたら誰だってびっくりするから」

その気持ちは分かるが、だとしても説明する気にはなれない。自分でもこの無気力さとどう向き合えばいいのか分かり兼ねている。

「言いにくいことだったら無理に言わなくてもいいけどさ。でもさすがにその顔だし。トラブルに巻き込まれたんなら、色々知っておいた方がお互いのためというか」

目を伏せていても、常に陽子の視線を感じる。僕のために懸命に言葉を探してくれているのだろう。でもだめだ。僕は彼女に対して素直になれないばかりか、その優しさに甘え続けている。

「もしかして、前に言ってた子？」

箸が止まる。その様子を見てか、陽子も手に持っていた椀《わん》を置き、そっと息を吐いた。追及の矢は来なかった。むしろ何か言ってくれた方がよかったのに。こういうときに限って、変に察して黙ったりするから、ぎりぎり保っていたプライドはついに決壊した。

手に持った箸が震え始める。今まで耐え忍んできた出来事が頭の中を駆け巡って、かーっと胸が熱くなり、少しずつ声が漏れ、嗚咽《おえつ》になった。

　どれだけの時間だろう。それこそ子供のように僕は感情に任せて泣いた。涙も鼻水もごっちゃになって、顔じゅうの穴という穴の栓が抜けたみたいに。陽子は卓上のティッシュを数枚抜き取り、そっと僕に差し出した。

　気がつけばとうに日付は変わり、土曜になっていた。

　僕がようやく落ち着きを取り戻すと、話しかけるタイミングを見計らっていたのか、陽子が心配そうに切り出した。

「明日……ていうか、もう今日だけど。行くのやめようか？」

　それは僕たちにとっては重要な問題だった。

「行くよ」

「別の日にしてもいいよ、私は」

「行く。明日しかない。行くから」

　陽子と結婚して、丸一年。初めて迎える記念日を特別な日として祝うことにこだわっているのは、どちらかと言えば僕の方だった。

「もう無理しなくていいんじゃない」

　昨日の夜、号泣する僕を目の当たりにした陽子は、ついに僕にとって禁句とも言える提案を持ちかけた。

「無理って。何を？」

「……仕事とか」

陽子はおずおずと上目づかいにこちらを見ている。僕が答えに窮していると、オーダーした煮込みハンバーグが二つテーブルに運ばれ、一礼したウェイトレスが背中を向ける。芳醇《ほうじゅん》なデミグラスソースの香りが立ち込めるなか、陽子が僕の分のフォークとナイフをてきぱきと手渡してくる。

「……六年もやってきたんだよ。今更無理とかないよ」

どこか逃げ道を作るような言葉しか出なかった。七歳も年下の妻を相手に、これといった主張もなく俯《うつむ》く僕を諭すように陽子は言った。

「六年とかそういうことじゃなくて。人には向き不向きがあって、いくら頑張っても状況がよくならない場合もあるじゃん。それなら、いっそこだわるのはやめて、別の方向に目を向けてみるのもいいんじゃないかって」

今まで必死にやってきたことが無駄だと思いたくない。その一心で、僕は反発するかのように答えた。

「要するに、先生に向いてないって言いたいの？」

陽子は黙って窓の外を見る。心のどこかで期待していた否定の言葉は聞こえなかった。

線路の脇に構えるこのカフェは、列車が通るたびに建物がぎしぎしと揺らぐ。来るのは一年ぶりだ。付き合い始めて最初にデートした日も。プロポーズをした日も。大事な日はここに来るのが二人の約束事のようになっている。

「無理するなって言うけどさ。無理しなきゃ生きていけないんだよ」

陽子はゆっくりとハンバーグを咀嚼《そしゃく》しながら、首を横に振った。

「その考え方は誰も得しないよ」

彼女の薬指のリングにあしらわれた一粒の小さな宝石が、窓から指す光を反射して輝いた。僕らだけの特別な結婚指輪。僕の薬指でも同じ色の輝きが存在を主張する。結婚指輪としてはいささか派手かもしれないが、僕らは一目見てその宝石に心を奪われた。そして記念日には絶対につけようと、結婚したときに二人で約束した。

「今のままじゃ兼《けん》くんが辛《つら》いだけだよ。もう限界だと思う。生徒のためにも兼くんのためにもならないよ」

はっきりとした口調で断定する陽子に、もはや苛立《いらだ》ちを隠せなかった。

「どうして今更そんなこと言うんだよ」

「違う。昔から向いてないと思ってた」

「昔？　いつから？」

「初めて会った頃から」

「はあ？　そんなの言ったことないじゃん」

「それはそうでしょ。はっきり言ったら凹《へこ》みそうだったし……」

今日は陽子と初めて出会った日でもある。入籍する日を今日にしようと提案したのは陽子だ。せっかくの記念日だというのに、僕らは何をしているのだろう。

隣のテーブルには親子連れがおり、幼い子供がスプーンとフォークをぶつけ合って鳴らす音だけが響き渡っている。

「食後の紅茶です」

さっきハンバーグを運んできたウェイトレスが、やや気まずそうにテーブルの傍らで微笑《ほほえ》みかける。軽く会釈をした陽子が僕を一瞥《いちべつ》した。空になった陽子の皿のみを回収して、ウェイトレスが去っていく。

そろそろ切り上げる雰囲気だが、僕には今どうしても陽子に聞いておきたいことがあった。

「陽子さ。もし人生をやり直せるなら、また僕と出会って……結婚したいと思う？」

結婚して一年。心の奥にずっと抱いていた疑問を、ついに言葉にしてしまった。こんな情けない男のことなんて、本当は見捨てて逃げ出したいのではないか。なぜ結婚してしまったのだろうと、後悔しているはずだ。

陽子はまた窓の外を見ていた。踏切の警告音が微《かす》かに耳に届いて、ぱっと列車のライトが瞬くのが見える。風に煽られるように店内がぎしぎしと音を立てた。

「分からない」

彼女の口にした答えは、この結婚への後悔が滲んでいるように聞こえた。虚しさでどうしようもなくなって、僕は俯いたまま黙り込んでしまった。

ふとポケットの中が微かに振動した。嫌な予感がして、恐る恐るスマホのロックを解除する。差出人の名前を確認すると、背中に緊張が走った。

「どうしたの？」

陽子が不安げに言う。緊張や焦りがすぐに顔に出てしまうのは、僕の悪い癖だ。

「ああ、ちょっとクラスで問題が起きたかも」

メッセージを開き、吹き出しの中の文面に目を通す。その内容に、思わず目を疑った。


〝先生。ぼく、今から死ぬから〟


冷やかしなのか、それとも……最悪の展開を心のどこかでシャットアウトしながら、反射的に指を滑らせる。ワンコール。ツーコール。出ない。

どうかたちの悪い悪戯《いたずら》であって欲しい。再び通話を試みる。ワンコール。ツーコール。繋《つな》がった。大きな風が一気に解放されたような轟音《ごうおん》が耳をつんざく。それが通り過ぎると、電話の向こう側の音がだんだんと浮かび上がってくる。我に返った僕は、すがるような気持ちで叫んだ。

「渋谷《しぶや》、渋谷。今どこにいる」

スマホに耳をぴたりとくっつけ、全神経を集中させる。渋谷は、何も言葉を発しない。だがわずかに聞こえる。鼻にかかったアナウンスらしき声が反響し、それに重なるように金属が軋《きし》んで擦れる音が振動している。わざと聞こえるようにして、僕を試しているのか。電話は間もなく切れた。もどかしさと苛立ちで焦る僕の元に、立ち上がった陽子が怪訝《けげん》な顔でやってきた。

教え子が電車に飛び込むかもしれない。

そう告げると、陽子は慌てて僕のスマホを覗《のぞ》き込《こ》む。

「何とかしないと」辺りを窺《うかが》い、小さな声でそう囁《ささや》いた。

場所はすぐに分かった。津久《つく》多駅《だ》だ。平日は通勤客や通学客で賑《にぎ》わうが、週末は人影がまばらである。陽子の実家が近く、過去に何度も利用してきた。駅員の独特な場内アナウンスは聞き覚えがあったし、渋谷の家もあの辺りだったはず。この店からもすぐに行ける距離だ。

そのことを陽子に告げると、彼女はすぐに鞄《かばん》から財布を取り出し、僕の背中をぽんと押した。

「会計しとくから、車出して。私も行く」

渋谷勇樹《ゆうき》。彼は立ち姿に特徴があった。くたびれた猫のように曲がった背中。長い首。顎を軽く突き出して周囲を見回すようなしぐさ。前髪を触るのが癖で、ウェーブのかかった髪を指先でさらにカールさせている。表情のパターンは少なく、不機嫌そうに眉を寄せているか、能面のような無表情を張り付けているか。後者は最近見ることが多くなった。あの瞬間もそうだった。

陽子を車に乗せると、はやる気持ちをどうにか落ち着かせながら、ひたすらアクセルを吹かす。運よく信号に足止めを食らうこともなく、ものの五分で目的地に到着した。一気に前進駐車を決めると、乗り捨てるようにして車を飛び出す。

駅前には部活帰りらしきジャージ姿の学生や、紙袋を提げた中年男性がいた。改札の前では老婆がひとり、ぼんやりとどこかを見上げている。改札を潜《くぐ》ると、ぱっと視界が開ける。周りに大きな建物は無く、空が広い。視界の向こうには山々が佇《たたず》んでいて、柔らかな風が吹き抜けるホームは、静寂に包まれている。

いない。

一番ホーム。黄色い線の手前には中年女性が二人、スマホの画面に見入りながら突っ立っている。他にもちらほらと電車を待つ人はいるが、渋谷の姿はない。向こう側の二番ホームにも端から端まで目を凝らす。やはり見当たらない。僕らは顔を見合わせて息を吐いた。

安堵《あんど》と戸惑いが交錯する。一刻も早く渋谷を見つけなければ。

「本当にここ？ 他の場所じゃないの？」

「いや、絶対ここだった。あいつここにいたんだよ」

読みが外れたのか。それともただからかわれただけだったのか。

二人で周囲を見回していると、再びスマホが振動する。表示されている名前を確認し、慌てて電話に出た。

「先生、よくここだと分かったね」

「どこにいる？ 馬鹿な真似《まね》はやめろ」

僅《わず》かな沈黙のあとに、何もかも諦めたような声が受話器越しに伝わってきた。

「電車来た。ゲームオーバーだね」

辺りを見回す。どこにも渋谷の姿は確認できない。遠くの方にライトの灯《あか》りが、微かに見えてきた。通過列車だ。

「先生は分かってない」

電話が切れた。

僕は思い出していた。数か月前、教え子の悪ガキグループが、駅のホームで悪さをして通報され、後日一緒に謝りに行った時のことを。不法侵入罪だった。駅に隣接する建物から飛び移ったらしい。その何人かのひとりが、渋谷だった。

彼らの間でいじめがあったのではないかと疑われたが、結局事実関係は確認できないまま。僕は彼の味方になることも、一緒になって戦ってあげることもできなかった。

妙な胸騒ぎを覚えた僕は、踵《きびす》を返して走りだし、改札を潜って駅の外へ出た。

そこにはまだ老婆がいた。不思議そうな顔をして、さっきと同じようにどこかを見上げている。

細めた視線の先……ホームの屋根の上には、あの特徴的な立ち姿があった。

「渋谷！」と思わず叫んだ瞬間、その体はゆらりと前に倒れた。ドスンッという鈍い音が耳に届き、女性たちの甲高い声が響き渡る。

僕は再び改札を潜り、ホームに向かって一心不乱に走った。ホームにいた陽子が一足先に渋谷の方へ駆け寄り、躊躇《ためら》うことなく線路に降りる。電車はもうはっきりと見えていた。

僕も行かないと――迫りくる恐怖を必死で振り払いながら、彼女を追って線路に飛び降りた。

線路上の人影に気づいたのか、鼓膜を切り裂くような猛烈なブレーキ音が響き渡る。

渋谷の上半身を抱え上げようとしている陽子と目が合った。頭を打って気絶しているのか、ぴくりとも動かない。僕は陽子に代わって両脇を抱え、陽子は足を支えて、なんとか渋谷をホームへと引きずり上げた。

ホームから悲鳴が聞こえ、電車のライトに全身を包まれる。僕は反射的に陽子の手を掴んだ。

こういうときは全てがゆっくり見えるものなんだな――。足は全く動かず、近づいてくる電車から目を離せなかった。

もう僕たちは間に合わない。

どうしてこんなことになった。いつから間違えた？

渋谷を探すのに、陽子を巻き込んでしまったから？

向いてもいないのに、教師を続けようとしたから？

僕みたいな頼りない男と結婚したからか？

そもそも、出会ってしまったから？

もう遅い。全て手遅れだ。

「僕とまた結婚したい？」と聞いたとき、「分からない」と答えた陽子の哀《かな》し気《げ》な表情が蘇《よみがえ》る。みっともない意地を張って陽子と喧嘩《けんか》をしたり、しっかり者の陽子にいつもいつも甘えてばかりいたり。

やり直したい。もっともっと陽子とちゃんと向き合って、素直になって、ふたりで笑顔でいられたら――。

光。それは強烈な光だった。あまりのまぶしさに、目を開けていられない。うっすらとぼやけてきた世界に目を凝らすと、無数の緑色の煌《きら》めきの中に僕はいた。綺麗《きれい》だ。くらくらするほど煌めいている。ぶれていたピントが合うかのように、徐々に鮮明になる意識。ふと我に返り、目を開く。

白線の際に立っていた僕は、目の前を横切っていく通過列車の轟音と風圧に煽られてよろめいた。

危ない。ぼーっとしていた。でもなぜだろう。立ったまま夢を見ていたような、そんな不思議な感覚が身体にまだ残っている。

隣で高校生がイヤホンで音楽を聴きながら携帯を弄《いじ》り、向こう側のホームには黄色い点字ブロックの前でサラリーマンがぼんやりと立ち尽くしていた。まだ自分をどこかから俯瞰《ふかん》しているような奇妙な感覚が抜けない。ぐーっと伸びをして、僕は歩き始めた。

この駅で合っているはず。時間が迫っているし、少し急がなければ。

改札を抜けて、僕はふと後ろを振り返った。視線を少し上にあげる。おかしな点はない。改札にも。ホームにも。まして屋根の上になど。

今日は家庭教師のアルバイトの初日だ。アルバイト自体やったことがなくて、やや緊張している。服装はラフでいいと言われたので、Tシャツにジーパンの普段通りの装いだ。サンダルはさすがに失礼だと思い、スニーカーをこの日のためにおろした。時折感じる心地よい風に背中を押されながら、秋めいた日差しの中を歩く。

駅前、と聞くと便利だろうと思うかもしれない。だが、こと田舎に関していえばむしろ逆だろう。

商業施設は主要な幹線道路や、物流の便がいい高速道路のインター付近に集中する。寂れた駅に降り立つ人の少なさを思えば、それも納得だ。

二十分ほど車を走らせれば松山《まつやま》という地方都市に辿《たど》り着《つ》くというのに、どこかのけものにされたようなわびしさを、この町からは感じる。

ひび割れてでこぼこになった歩道を数分歩き、目印にと教えられた美容院のカラフルな看板の横を右に折れて、道幅の狭い坂道をひたすら上る。山の頂上まで続いているのかと思うくらい坂の勾配がきつくて、時折腰に手をつきながら背中を丸める。日ごろろくな運動をしていないせいか。まだ十九歳だというのに、まるで老人にでもなったかのようだ。

「あれ？　何でこんな指輪が？」

俯くと、緑色の宝石の入った銀色の指輪が、なぜか僕の薬指にはまっているのに気づく。一体なんだろう。引っ張ってみるが、うまく外れない。気になるけど……今は時間がない。後でじっくり見てみることにして、僕は再び歩き始めた。

真新しい集合住宅や年季の入った民家がちらほらと現れ、キョロキョロと辺りを見回しながら進む。

もうひとつ目印にと教えられた青いポストが目に入る。表札の名前を確認して、ほっと胸をなでおろす。どうやら到着したようだ。

「ごめんください。今日からお世話になります、新田兼祐《にったけんすけ》です」

「はあい。どうぞお入りになって」

よく通る声がインターホン越しに聞こえてきて、玄関の扉が開いた。想像していたよりも若い見た目のお母さんが、にこやかに笑顔を咲かせて僕を招き入れてくれた。

まずはリビングにお邪魔し、ソファで新聞を広げてふんぞり返っているお父さんに挨拶すると、子供部屋があるという二階へ案内される。階段を上りながらお母さんが「ちょっと小生意気な年ごろだけど、私に似て逞《たくま》しい子だから、しっかりとよろしくね」と念を押す。

しっかり、と、よろしく。お母さんが僕に求めていることはそれだけで充分に伝わった。

「入るわよ」

お母さんがノックもせずドアを開けると、やや緊張した面持ちの少女が、足をぴしっと揃《そろ》えて勉強机に座っていた。

「思ったよりイケメンでよかったじゃない。今日からしっかり見てもらうのよ」

これまで生きてきた中でイケメン、と褒められた経験はなかったし、思ったより、という事前評価の低さがうかがえる一言が気に掛かった。そういえば履歴書の写真は写りが悪かったし、そのせいかもしれない。

「あ、初めまして。今日から勉強を教えることになります、新田兼祐です。よろしくお願いします」

小学六年生相手だというのに、緊張してかしこまった挨拶になってしまった。こうして面と向かってみて、改めて思い知る。子供って、どうやって接したらいいんだろう。そんなことも分からぬまま成り行きでこのバイトを受けて、ここまで来てしまった。

「じゃあ、あとはよろしくね」

考えている間に、お母さんがにこやかに手を振りながら部屋を出ていく。勉強机に背中を向けて座る少女の顔は硬いままだった。

「陽子」

微かに少女の唇が動く。ああ、自己紹介か、と思い、彼女の正面に用意されていた椅子に座り直して軽く会釈をした。

「陽子……だけど、覚えてる？」

突然のひとことに思わずぽかんとして、まじまじと女の子を見つめる。くっきりとした二重瞼《ふたえまぶた》の奥の瞳は、不安げに揺れている。ぴしっと揃えた華奢《きゃしゃ》な両脚や、膝の上に置いた小さな両手は、まるで小動物のようだ。見た目はどこにでもいる小学六年生だが、その話し方には無邪気さがなく、妙に落ち着いている。

「どこかで会った……ことがあったかな？　僕たち」

それを聞いた少女の顔がみるみる曇り、僕に詰め寄った。

「さっきまで一緒にいたよね。ほら、駅で男の子を助けて。覚えてない？」

声を殺して僕に囁く。この部屋の外にやりとりが漏れないように、やけに気を遣っているみたいだ。不安げに眉間に皺《しわ》を寄せ、小さな手で僕のシャツをぎゅっと摑んだ。

「どうしたの急に。何か困っているの？　お母さんに聞かれたくないこと？」

強張《こわば》っていた手がシャツから離れる。

「分かんない。どうして自分がここにいるのか……何で小学生に戻っているのかも」

彼女が何を言っているのか理解できず、作り笑顔で誤魔化しながら頭を搔《か》く。やがて少女の眼《め》にみるみる涙が浮かんできて、僕は焦り始めた。

「ごめん。正直よく分かんなくて……もう少し詳しく聞かせてよ。そうだ。さっき言ってた〝一緒にいた〟ってどういう意味？」

身を乗り出していた彼女は一歩引き、勉強机の椅子にちょこんと座り直した。

「ごめんなさい。もういいんです」

とたんに沈黙が降りてきて、不穏な空気が漂う。やっと僕は思い出した。自分がここに何をしに来たのかを。

「とりあえず……って言っていいのか分からないけど、今日からよろしくね。勉強頑張っていこう。また何か不安なことがあったら何でも相談に乗るからさ」

少女は心ここにあらずといった表情で浅く会釈を返し、さっと涙を拭った。ひょっとして気難しい子なのかな。僕に彼女の家庭教師が務まるのだろうかと不安になってくるが、ここで投げ出すわけにはいかないと気を引き締めた。

アクリル製の鞄から、本屋さんで調達してきたテキストを取り出して机に広げる。殆《ほとん》どは彼女が苦手だという算数関連のものだ。その上に、分度器、三角定規、コンパスを重ねる。お母さんの教育方針として、まずは苦手な部分の強化。余裕があれば中学の内容を先取りして教えてあげてもいいと言われている。

気を取り直して、まずは世間話で彼女に打ちとけてもらおうと試みた。

「今学校では何が流行《はや》ってるの？」

俯いたまま、彼女は首を傾《かし》げる。

「分からないです」

「あんまり流行とかには興味ない感じ？」

「いや、覚えていないんです」

「へえ……？　そうなんだ。周りに流されないタイプなんだね」

僕が緩やかなボールを投げると、彼女は全然違う方向に投げ返してしまい、僕が転がっていくボールを慌てて取りに走る感じだ。理不尽なキャッチボールである。

「なら、好きな芸能人とかは？」

唐突にくるりと椅子を回転させると、彼女は僕の頭上にある壁掛け時計を見上げる。

僕の投げたボールには目もくれず、彼女はポケットから違うボールを投げ返してきた。

「いま……何年でしたっけ？」

茶化しているのかと思ったが、その顔は真剣そのものだった。

「二〇〇九年だけど。どうしたの？」

「そう……ですよね」

てきぱきと教材を準備する僕の手元を、彼女がじっと見つめている。

「あっ」

小さく叫び声を上げ、彼女は椅子から飛び降りて僕の左手を無理やり引き寄せた。

「それ！　ちょっと見せて！」

椅子が倒れ、下の階にも聞こえそうなほど大きな音が響いた。

「えっ。これ僕のじゃないよ」

いつのまにやら指にはまっていて、不思議に思っていた指輪。突然強い興味を示した少女に驚き、思わずのけぞる。

「じゃあ誰の？」

「知らない間に……」

「いいから、ほら外して！」

彼女は僕の手首を強く握り締め、手荒に指輪を抜き取った。痛がる僕の様子など気に留めることもない。

「間違いない。だってほら一緒だもん。やっぱり夢じゃない」

彼女はポケットの中から、指輪らしきものを取り出した。

「ほら。Y・N。こっちはK・N」

目を見開いて必死にまくし立てる。手にはシルバーの指輪。まぶしいほど輝く緑色の宝石が嵌《は》め込《こ》まれている。とても小学生の持ち物とは思えない、上等そうなやつだ。お母さんの部屋からこっそり持ってきたのだろうか。

「きれいな指輪だね。ちょっと見せて」

そう言って僕が身を乗り出すと、少女は僕の目の前に指輪を差し出した。

「内側をよく見て。彫ってあるでしょ」

目を細めてじっくり観察すると、確かに刻んである。イニシャルらしきアルファベット。横には、〝2018.10.7〟と謎の年月日も。不思議なことに、九年後の日付だ。

「名前、新田兼祐でしょう。だからK・N。こっちは私のだからY・N。思い出した?」

「思い出す? 何を? 君の名前は高瀬《たかせ》陽子でしょ。だったらY・Tじゃないと」

彼女は唇を嚙《か》むと、懸命に訴えかけるように僕の手を取った。

「新田陽子! だからY・N。結婚するんだって、私たちは」

どぎまぎする僕は、彼女の剣幕に吞《の》まれていくばかりだった。

「ねえ。思い出してよ。思い出せるはず。だって指輪があるもん」

「ちょっと待って。君まだ小学生なんだし、そんなことあるはず……」

「だから、私は小学生じゃないんだって。本当は二十二歳なの」

ちらりと腕時計を見る。午後二時三十分。契約の時間は午後二時から四時までだが、途方もなく長い時間に感じられた。

彼女は僕の表情を窺うと、机に向かって何やらぶつぶつと言い始めた。いよいよおかしくなってしまったかと思ったら、今度は突然話題を変えてきた。

「先生。コンタクトですよね」

「ああ、そうだよ」

「二週間の使い捨てタイプを、何か月も使って眼科の先生に怒られてる。学生の頃からそうだって言ってた」

間違いなくそれは僕のことだ。動揺を隠せず、しどろもどろになりながら答える。

「え、えっとそれは……まだ使えるのに捨てるのは勿体《もったい》ないんじゃない？」

「レシートとか、期限の過ぎたクーポン券も捨てられない。財布の中はいつもパンパン」

差し出されたら受け取ってしまうし、いらないと分かっていてもなかなか処分できない。たまに思い立ってどさっと捨てるが、それでもすぐに溜《た》まってしまう。

「低血圧だから朝が弱い。プリンが大好きで、晩ご飯のあとには必ず食べる。スーパーで特売の時に大量買いして、冷蔵庫にはストックを常備」

マジックを見せられた人というのはこんな気分なんだろうか。でもだとしたら、きっと種があるはずだ。

「不思議だな……全部僕のことだよね。どこで知ったの？」

疑いの目を向けると、彼女はすがるような目つきで僕に訴えかけた。

「そりゃ知ってるよ。だって夫婦だったんだから。お願いだから信じてよ」

ここまで言われると、もう少し彼女の〝知っている〟ことを引き出したくなる。

「そうだな……。じゃあ、僕のお母さんの名前は？」

「恵子《けいこ》。養護教員をしている。家庭菜園が趣味で、夏は胡瓜《きゅうり》、冬はほうれん草がどっさり」

「あの……」

口ごもりながら彼女の目を覗き込む。彼女の目的は一体なんだろう。〝新しい家庭教師の先生を困らせてやろう〟という思惑ならば、それは充分に果たされたはず。だが彼女の目は真剣で、終始僕に対して何かを訴えかけている。

でも僕はこの状況についていけなくなっていた。小学生の女の子に振り回されているという恥ずかしさもあり、つい誤魔化すような言葉を並べてしまった。

「ちょっとびっくりしちゃった。お母さんが色々調べたのかな。でもあんまり初対面の人にこういうのよくないなあ」

ぎゅっと唇を結んだ彼女は、すぐに僕から目を逸らした。

「どうしたらいいの……」

小さな背中を丸め、寂し気に呟《つぶや》く姿に、僕の胸はなぜか疼《うず》き始めていた。なぜかは分からないけれど、僕はひたすら彼女に理不尽なことをしているように感じていた。

どうして分かってあげられないんだ。鈍い奴《やつ》め。自分を責める声が、心の奥底で響いていた。

月曜日の講義は午後から。三限目の心理学、四限目の社会学を終え、まっすぐ図書館へと向かった。十月らしからぬ強い日差しに目を細めながら、講堂へと続く長い並木道を歩く。

サークル活動へ向かうらしい学生たちの間をすり抜けて、中央に位置する巨大な石のオブジェのような建物に入った。ICカード式の学生証をかざすと、駅の改札みたいに入場ゲートが開く。本棚には目もくれず、最も奥のDVDコーナーまで行くと、ずらりと並ぶDVDに目を走らせた。

放課後は毎日のようにここに来る。これといった趣味もないし遊びに行く友達もいない。実家からの仕送りでそれなりにやっていけているので、週末以外はバイトもない。よって放課後のこの時間が僕にとっての唯一の楽しみなのだ。

狙いを定めているのは、三年前まで放送されていた海外ドラマ。おととし日本でもDVD化が始まって、ようやくこの図書館にも並ぶようになった。シーズン1から追いかけて、今はシーズン3の佳境に入ったところ。

続きの巻を二本、指先でスッと抜き取った瞬間だった。ふと隣に陳列されていたドキュメンタリーシリーズのパッケージが目に入った。

なぜ気になったのかは分からない。だがその見慣れぬはずの文字列に、妙な既視感を覚えた。〝未知なる世界へ―コラ半島掘削プロジェクト〟。CSチャンネルで放送されたものを編集し直し、DVDに収めたもののようだ。裏面の紹介文にも目を走らせる。バラエティー色のない、重厚な内容のようだ。

ちっとも面白そうじゃない。なのに無性に内容が気になり、おもむろに中身を引き出して海外ドラマのＤＶＤと一緒に手に取った。

全面ガラス張りの日当たりのいい窓際には、二十台の視聴スペースがある。液晶テレビ、ＤＶＤプレイヤー、ヘッドフォン、チェアーを備え、ブースごとに仕切られている。そこの奥から三番目、番号十六の椅子は、僕の定位置だ。人の視線を感じにくい絶妙に奥まった場所にあるこのスペースに、僕は自然と毎日のように腰を下ろした。

ところが。視聴スペースの一歩手前で、僕の足が止まる。

目がちかちかするような毒々しい金髪。足をめいっぱい伸ばして背もたれに体重を預け、口を半開きにして目を閉じている。

先客だ。しかも、同じ授業でよく見かけるガラの悪い奴である。講義室の後方に固まり、決まってジャージかスウェットに身を包む、同じ学科の最大派閥であるリア充グループの一員だ。

定位置に座れない、ということは珍しくはないのだが、よりによってこいつか。しかも今日はほとんど座席が埋まっており、通路側以外はこいつの隣の十五番しか空きがない。ため息をつきながら椅子を引き、極力物音を立てないように座った。

まず手にしたのは、何故《なぜ》か持ってきてしまった海外のドキュメンタリー。決して興味をそそるコンテンツではないけれど、同じような内容をどこかで誰かに聞かされたような気がする。

しばらくパッケージを無心で見つめたのち、そっとプレイヤーに挿入する。この妙な感情の正体を知りたい。ただそれだけだった。

隣から微かな寝息が聞こえる。ひゅーひゅーと喉の奥が鳴っていて気が散る。僕はすぐさまヘッドフォンをセットして、その雑音をかき消した。

「人影のない大地にそびえ立つ廃墟《はいきょ》。かつて大国が二十年以上の歳月を費やして迫った、真実の抜け殻である」

重厚なナレーションが語りかける。画面にぼんやりと映し出された建造物に視線を奪われ、人気《ひとけ》のない閑散とした風景に釘付《くぎづ》けとなった。何だこの場所は？　どうしてこんな気持ちになる？　記憶の奥深くに扉のようなものがあって、外側から両手でそのドアノブを力いっぱい引っ張ってみるが、どうにも何かがつっかえて開かない。そんな感覚だった。鍵穴をくすぐるような不思議なドキュメンタリーは、朽ちかけた瓦礫《がれき》の中から、錆《さ》び付《つ》いた蓋らしき金属を映し出す。厳重に溶接がされていて、強い意思で封印されたかのようだ。これは〝世界一深い穴〟であると、語り手は続ける。

「人類はここで深さ十二キロまで進んだが、マントルへの道のりはあまりに遠かった……」

マントル？　耳慣れないワードだが、その響きにはどことなく覚えがある。初めて見た光景。だが知っている。どこで？　誰から？

「人類が到達……った世界……それは……」

意識がぼやける。画面の情報と、熱をもった記憶回路が同期しようと、暴れ出す。耳鳴り。頭痛。心が捻《ねじ》れる。体から切り離されそうだ。

「……トルは……光の……かんらん石……」

それは、うわごとのようだった。

「かんらん……石？」

光。閃光《せんこう》。――無秩序な渦。焼けるような記憶のうねりに呑まれて、強い目眩《めまい》に襲われた。トンネルを抜けた瞬間のように、目に染みる白。その向こう側の景色は、百面、千面では足らないような、煌めきを繰り返す緑色の群れ。かつて覗いた景色。再生された記憶。

そして、叫んだ。

「陽子！」

気がつけば僕は走り出していた。

どうして忘れていたんだ――。

開放された扉から、猛烈な風が吹き込む。失った数日を追いかけるように。

2

大学から最寄り駅までの数百メートルを、全速力で駆け抜けた。帰宅する学生たちで混雑する駅前通りを、体を横にして縫うように、ときに両手で掻き分けて泳ぐように進む。

とにかく急いでいた。早く会いに行かなければ。その一心で、大きく息を切らしながら、一番ホームに停車していた下りの電車に駆け込んだ。

膝に手をついて荒い呼吸を整えていると、あからさまな好奇の視線の数々を感じた。席に座れそうにはないが、混み合っているというほどではない車内。スーツを着た男性や、学生たち。制服姿の小中学生や、赤ちゃんを抱っこしてあやす女性の姿もある。立ち止まって周囲を見回していると、ようやく少し落ち着いてきた。

「ちょっと待たんかい！」

張り上げた声がホームに響き渡って、今度は乗客たちの視線が外へ向いた。

ぱっと振り返ると、目がチカチカする金髪がぐんぐん迫って来る。ジャージ姿にシャツをはだけさせ、息を切らし、顔を歪《ゆが》ませながら。

初めは他人事《ひとごと》のようにその光景を傍観していたが、奴がその手に僕のアクリル鞄を握りしめているのを見ると、頰が強張った。

発車のベルが鳴り始める。電車に飛び乗ってきた男は、迷わず僕に歩み寄り、ぜえぜえと呼吸を乱しながら肩を組んできた。その腕は熱を持っていて、シャツは汗で張り付いている。駆け込み乗車はご遠慮ください、と車内アナウンスが響いた。がたん、と大きな揺れを合図に電車が動き始める。

「やっと捕まえたで。このアホ」

アクリル鞄で僕の頭をこつんと叩き、そのまま渡してくる。慌てて両手で受け取った僕は、この男に迷惑を掛けてしまったのだとようやく気がついた。

「ああ、ごめん。いや、ありがとう」

男は目をつむって首を振ると、ええねん、と僕の肩に手を置いた。

「別にほっといてもよかったんやけどな。急に女の名前を叫んで走り出したとこ見ると、なんかおもろそうな事情がある気がしてな」

ただ、思ったより足が速かった、と男は笑う。

わざわざ届けてくれてありがとうと改めてお礼を言うと、ええねんとまた繰り返した。

「女やろ？　その必死な感じだと、よほどのことがあったと見える」

不敵な笑みを浮かべる。他人の事情に首を突っ込むのがよっぽど好きなようだ。

「何をそんなに焦っとる？　約束をすっぽかしてもうたんか。いや、それにしては必死すぎるわな……」

詮索が始まった。電車は動き始めており、僕に逃げ場は存在しない。わざわざ追いかけて鞄を届けてくれたという負い目もあり、邪険にはできないが、とにかく僕は状況を整理したかった。

「ちょっと会いたい人がいて、そのことを思い出したんだよ」

「何や。元カノか。より戻しに行くんか」

僕が首を横に振って俯くと、喋《しゃべ》り続けていた男の言葉が途絶えた。僕は気持ちを落ち着かせようと深呼吸をし、じっくりと記憶を辿り始める。

僕と陽子はホームにいた。津久多駅だ。

自殺する、と騒ぎを起こした渋谷を探していた。結局渋谷はホームではなく屋根の上に潜んでいて、電車が近づいたタイミングで飛び降りて線路上で気を失って……。

先に線路に降りたのは陽子だった。戸惑いつつ僕も後を追って線路に降り、二人で渋谷の身体を持ち上げた。

電車は迫っていた。あまりにも時間がなかった。

「僕は彼女を巻き込んでしまったんだ」

無意識のうちに言葉が零《こぼ》れる。それを聞いた男は眉を寄せながら、僕の肩に手を置く。

「なにがあったんや。相談に乗るで」

心配してくれるのは有難いのだが、嫌な予感がした。

「家ってこっち方面?」

「いや。逆方面や」

やはり。まさかついて来るつもりではないだろうな……。

「気にせんでええねん。その代わり、ちゃんと最後まで見届けさせてもらうで。俺は乾《いぬい》や。呼び捨てでかまへんで」

にやり。不敵な笑みに、嫌な予感が確信へと変わった。

「いいよ。そこまでしてくれなくても」

「アホ。俺が来たくて来とるんや。気兼ねすることあらへん。何なら力になるで」

鞄を持ってきてくれたことには感謝しているが、さすがについて来られるのは困る。

どうすれば追い払えるのだろう……。

救いを求めるようにふと車内に目をやる。ちらちらと観察していると、違和感を覚え始めた。

つり革に摑まっている人。座席に腰を下ろしている人。その殆どが小さな画面に目を凝らして、親指を忙《せわ》しなく動かしている。

折り畳み式のガラケーだった。画面に指を滑らせるのではなく、ボタン上で指が躍っている。違和感はだんだんと膨れ上がり、大きな疑念へと変わった。

僕は二十九歳で、陽子は二十二歳。でも僕は大学に通っているし、陽子は――小学生だった。あれから十年前ということになる。いったいなぜ――？

携帯を取り出して視線を落とす。二〇〇九年。ポータルサイトを見れば、衆院選で民主党が圧勝し、政権交代――というニュースが踊っている。

「どこで降りるんや」

津久多駅、とぽつりと言う。元カノとは何で別れたんや？ と詮索の矢が飛んでくる。

たしかに僕は今大学生のようだが、意識は二十九歳だ。あの事故のせいで、タイムトリップしてしまったのだろうか。

でも映画や小説では、年齢はそのまま、肉体ごと時間を移動していた気がするのに、僕たちは若返っている。意識だけが過去に戻った……場合は、なんて言えばいいのだろう。頭が混乱してきた。

僕は窓の外を流れる景色に目を凝らした。巨大なショッピングセンターの案内看板、工場の鉄骨、電線、田園……と移り変わっていく。

思い出す。あの日の陽子もこうして顔を上げて、窓の外を見つめていた。

陽子は大丈夫なのだろうか。早く会いたい。

気がつけば僕は、陽子と再会した日のことを思い出していた。

あのときは教師になって五年目。授業、準備、部活に生徒指導。担任も任されるようになり、プライベートとの境目がないほどに慌ただしい日々だった。

確か金曜日で、翌週の授業準備を済ませ、帰路に就いたときには夜の八時を回っていた。下りの列車に乗り込み、つり革に摑まる。すぐに鞄から資料用の本を取り出した。付箋に指を滑り込ませてページを開き、目を走らせる。

ひと駅、ふた駅と通り過ぎるうち、疲れからかふと眠気に襲われ、本が指先から零れ落ちた。ばらら、とページが宙を仰いで、床を叩く。

ぼんやりしていて、やや反応が遅れた。慌てて腰を屈《かが》めようとすると、すっと細い腕が前方から伸びてきて、本を拾い上げた。

はっとして視線を上げる。女性だ。大学生だろうか。淡いグレーのスプリングコートの肩には綺麗な黒髪がかかっている。外れたカバーや帯の位置を丁寧に直し、どうぞ、と言って渡してくれた。ありがとうございます、と小さく何度も頭を下げて受け取る。

その瞬間、女性が口を手で覆って、ぴたっと動きを止めた。

「どうかされましたか？」

彼女は僕の顔をまじまじと見ていた。やがて視線を僕の右手に握られた本に移し、澄んだ声で言った。

「それ、歴史の本ですよね。お好きなんですか？」

思いがけない言葉につい動転してしまい、え、あ、と視線を泳がせてしまう。

「資料、なんですよ。授業で使うやつです。あ、もちろん歴史は好きは好きです」

「先生……なんですか」

「そうです」

つり革を摑んだ掌に、ほんのりと汗が滲む。目力の強い瞳に吸い込まれそうで、妙にどぎまぎし、目を合わせることができなかった。

「……覚えていますか？　私のこと」

顔を上げて、思わずじっと女性の顔を見た。僕を見つめる大きな瞳。この感じ……もしかして。あっという間に記憶が溢《あふ》れ出てきて、懐かしさのあまり大きな声が出てしまった。

「陽子ちゃん！……だよね？」

こくりと頷《うなず》く。微かに緩んだ口元に、あの小さな部屋で時折見せた愛らしい笑顔が蘇った。

「はい。五年ぶり、ですかね」

僕は大学生のとき、半年ほど彼女の家庭教師を務めた。小学六年生だった彼女は、真面目でしっかりもの。手が掛からず、熱心に勉強にも取り組んでくれた。正義感も強く、幼いなりに芯が通った子だなという印象だった。その後、彼女が中学三年生の時に、彼女の通う中学で教育実習生として再会していた。

「やっぱり先生になったんですね」

彼女はどこか懐かしむような口調で、感慨深げに言った。

「ああ、お陰様で。最近やっと担任を持たせてもらって、生徒たちをまとめるのに四苦八苦してるよ」

僕は改めて彼女の姿を確認する。すっかり大人の女性に成長した姿に驚くとともに、かつての教え子だというのに、さっきまで緊張してしまっていた自分が恥ずかしくなってきた。

「陽子ちゃんは大きくなったね。全然気づかなかったよ。今は大学生？」

「いいえ。町工場の経理をやってます」

小さくかぶりを振った彼女の黒髪が微かに揺れる。ご両親が教育熱心だという印象があったので、進学せずに就職したのは意外だった。

「仕事はどう。順調？」

「大変です。ベテランの職人さんばかりなので、どうしても甘く見られちゃって」

「そうなんだ。でもじっくり向き合っていくしかないよね」

こうして再び彼女と言葉を交わしていることが不思議だ。でもそれ以上に、僕は奇妙な縁を感じていた。

大学に入って半年ほどが経ち、アルバイトを探していた当時の僕は、大学の生協で家庭教師のアルバイトを紹介された。本当は乗り気ではなかったが、急遽《きゅうきょ》欠員が出てしまったからと頼まれ、渋々仕事を始めることにしたのだ。

しかし、彼女――陽子との出会いは僕の運命を変えた。目標に向かって一生懸命に取り組んでくれる彼女との授業はやりがいがあり、教えることの楽しさを彼女は僕に教えてくれた。

気がつけば僕は本気で〝将来は教師になりたい〟と思うようになって、教職課程も選択した。不安定な十代の子供たちを支えたいと、当初は中学校を希望していたものの、実習先でうまく子供たちをまとめきれず、担当教諭の勧めもあって高校教師へと舵《かじ》を切った。

ところが念願叶《かな》って教師になれたものの、現実は想像以上に厳しかった。大学受験、就職……将来を左右する大事な時期の子供たちを受け持ち、クラスをまとめながらひとりひとりと向き合うことの難しさを痛感した。

僕の進路選択は正しかったのか。そう思い悩むこともあり、僕が教師を目指した原点である彼女とのその日の再会は、何かの啓示にも思えた。

「……中学のときにもちょっと会ったよね？」

僕がそう聞くと、彼女はやや視線を逸らし、気まずそうに答えた。

「はい。覚えています。ごめんなさい、逃げちゃって」

家庭教師を終えてから二年後に、僕は地元の中学校へ教育実習に行った。そこは彼女が通う中学で、担当の学年にはならなかったものの、一度体育館での全体朝礼で彼女を見かけた際に声を掛けたのだ。ところが彼女は僕を一瞥すると、逃げるように背中を向け、友人たちの輪に入って行ってしまった。

「家庭教師の最後の方でどことなく余所余所《よそよそ》しくなってたのは感じてたんだけど……ああ、嫌われちゃったんだなと思って。そのときは結構落ち込んだよ」

彼女は慌てて首を振った。

「そんなことないです。なかったんです。文字通り私が子供だったというか……」

その言葉の意味をよく呑み込めなかった。恥ずかしそうに彼女が瞬《まばた》きをするので、僕はそれ以上踏み込んで聞くことを躊躇った。

「つまり……子供って、本心とは真逆の行動をとることだってある、ということですよ」

僕が困った顔をすると、彼女は僕の背中をぽんと押した。

「知ってますから。私は先生のことを」

少し驚いて、彼女の顔をまじまじと見つめる。

「どんなに忙しくて、大変な時も……私みたいに、先生の良いところ、ちゃんと知ってる人間がいるってことを、忘れないでいてください」

彼女の掌のぬくもりが、徐々に背中になじんでくる。

「良いところ？」

「はい。優しいところです」

「……えっ。それだけ？」

僕が拍子抜けすると、陽子はくすくすと笑い、もう一度ぽんと背中を押した。

「当たり前じゃないんですよ、優しいって。まあ……そういうところなんですけどね」

ぱっと背中から手が離れる。それでも、彼女の手の温かさが僕の身体に残っている気がした。

「今度は、何も言わずに逃げたりしませんから。その代わり、少しでも思い出してもらって、力になれたら嬉《うれ》しいかなって」

彼女の横顔は、寂しそうに真っ暗な窓の外を見つめている。

束の間の再会は、僕たちに横たわっていたさまざまな〝距離〟をあっという間に縮めてくれた。しかし、すでに別れが近づいていた。

車内アナウンスが、間もなく津久多駅、と告げる。

電車がゆっくりと減速し、津久多駅に停車する。ドアが開く鋭い音が響き、春の柔らかな空気がわっと入って来た。彼女は小さく「もう少しお話ししたかったです」と言ってホームへと降りた。

彼女と言葉を交わしたこの十数分。自分でも不思議なくらい、彼女と一緒にいるこの空気にずっと触れていたくて、この時間を手放したくないと、強く願っていた。

気づいたら僕は電車を駆け降りて、津久多駅のホームに立っていた。

彼女は呆気《あっけ》に取られているようだった。自分で行動を起こしたくせに、僕はどうしていいか分からず立ち尽くすばかり。二人の背後を電車が去っていき、闇に溶けた風が優しく肌を掠《かす》めていく。口の中は乾き、緊張していた。

「どうしましょうか……これから」

やや張り詰めた空気を解《ほぐ》すかのように、彼女の声がどこか楽しそうに響く。

田舎ゆえに、次の電車はゆうに三十分は来ない。乗りかかった舟ならぬ、降りてしまった電車だ。駅前には少しではあるが、まだ灯りのついた店がある。彼女に抱いてしまった淡い期待を今更取り繕うのも気が引けて、人生で一番大胆な僕なりの一歩を踏み出すことにした。

「お酒は、飲めますか？」

女性を食事に誘ったことなど一度もない。軽薄な誘いととられ拒絶されることも覚悟したが、彼女はにっこりと微笑んでこう返した。

「もちろん。ハタチですから」

二十九歳の記憶を持ったまま、なぜか十年前――大学生に戻ってしまった僕は、今こうして再び津久多駅のホームに立っている。二十歳になった陽子と再会し、二十二歳の陽子と一緒に生徒を助けようと必死になった場所に。

一番ホームも、改札も、無我夢中で駆け抜けた。一刻も早く陽子に会いたい。その一心に背中を押され、彼女にかけるべき言葉を探し続けながら、僕は走った。

十月とはいえ、今日はよく晴れて夏のような暑さで、僕も追いついた乾も汗だくになった。

この男は宣言した通り、黙ってついてきた。だがこの目的地は予想外だったようで、一軒家を見上げながら、「実家住まいやったんやな」と呟いた。

駐車場に車がないことを確認する。恐らく両親は仕事か、買い物などで不在だろう。恐る恐るインターホンを押す。両親がいたら、説明するのに骨が折れそうだ。

「兼くん……？」

声がした方に振り返ると、そこに陽子が立っていた。赤いランドセルを背負っている。家庭教師の日でもなく、突然、しかも汗だく。そのうえ知らない男まで連れてここに僕が立っているのだから、驚くのも無理はない。

「君、この家の子か？」

乾が先に声を掛けた。警戒したのか、陽子は僅かに身を屈めて怪訝そうな表情で乾の様子を窺う。

あの瞬間——全てが終わったと思った。しかし、消えてしまいかけた僕たちの存在が、確かにこの場所で、十年の時を遡って残っている。

目頭が熱くなる。悔しさでも、情けなさでもない。陽子が今ここに生きていることに対する、安堵の涙だった。

陽子は僕の様子に気がついて、珍しく動揺していた。だがすぐにポケットからハンカチを取り出し、僕に駆け寄って差し出した。僕はそんなのはお構いなしに、すっかり小柄になった陽子の身体を抱きしめる。ハンカチがひらひらと舞い降りて僕の靴を覆った。

どこか遠くで鳴り響くチャイムの音だけが聞こえる。

電車の中で再会した、あのとき。彼女がぽんと押した手。背中に感じていた温もりが、いま腕の中にいる。あれからずっと僕の力になっていた、あの言葉。それは陽子という存在が、僕にとってかけがえのないものであるという証明だった。

陽子はしばらくじっとしていたが、やがて僕の耳元で囁いた。慎重に、用心深く。

「もうすぐお母さんが帰って来るし、あの人がいたら話しにくいから——近くに公園があったでしょ。明日の今ぐらいの時間、そこで待ってて」

身を屈めてハンカチを拾い、僕の手の中に握り込めると、陽子は振り返ることもなく早足で家の中へ入って行った。

彼女には全てが伝わったはず。僕の中で何が起こったのか。そして、陽子はひとりぼっちではないということも。

ハンカチを顔に押し付け、ひとしきり目と鼻を拭った。落葉が地面を這《は》う音がさざ波のように広がっていく。

その傍らで、全てを目撃、いや見届けていた乾が僕の肩を叩き、重い口を開いた。

「お前……その趣味はあかん。あかんわ……」

3

次の日僕は、彼女との約束通り、通学路沿いの公園で待った。砂場もジャングルジムも無い。点々と地面に埋め込まれたタイヤと、雑草だらけの盛り土。錆びて朽ちかけた滑り台とブランコが不気味にそびえ立つ殺風景な公園だ。

ブランコに乗り軽く揺れながら、通り過ぎる軽トラックや自転車、色とりどりのランドセルをいくつも見送る。待つこと十数分。迷いのない足取りで赤いランドセルを背負った陽子がやってきた。

「お待たせ。……ていうか思い出すの遅いよ。まったく」

隣のブランコに腰掛けた陽子が、ため息混じりに言う。

「ごめん。それもなんだけど、ちょっと何が起こったのか未《いま》だによく分かってなくて」

同調するように、彼女は何度も頷く。僕だけじゃない。昨日の様子からして、陽子もこの状況に対する焦りや動揺があったのだろう。

「陽子は覚えてる？　駅で渋谷を助けたときのこと」

陽子は遠い眼をして、ぽつりぽつりと打ち明けた。あの瞬間彼女の身に起きた出来事を。

「緑色の光がわっと襲ってきて。電車のヘッドライトかと思ったら違った。とにかく眩《まぶ》しくて思いっきり目をつむって、ブレーキ音がきんきん響いてて、光に吸い込まれたと思ったら一気に静かになった」

「それで？」

だいたい同じだ。僕と陽子の身に起こったのは、何か似たような、いや、全く同じことではないか。

「かーっと頭が熱くなって、目を開けたらここにいた。意識がぼんやりしていて、夢を見てたんだと思った。そうだ。今日から家庭教師の先生が来るから、部屋で待ってろって言われたっけ？とか、手に持ってるこの指輪は何だろう？とか考えていたら、インターホンの音が聞こえて、はっとした」

初めて会うはずなのに、階段を上がって来る声や姿を知っているような気がした。それが糸口になって、雷に打たれたように記憶を全て取り戻し、ドアが開いたと。

「僕も同じだよ。最初は全く覚えてなかったけど、大学の図書館でソ連の地下掘削ドキュメンタリーを見てるときに急に記憶が戻って来て。それで慌てて会いに行ったんだ。変なのもひとりついてきちゃったけど……同じ大学の乾っていうんだ」

「そんなことがきっかけで？　っていうか何でそんなニッチなの見てたの？」

「さあ。何だかすごく気になって。たぶんこの出来事と関わりがあるんだと思う」

「どこかで見覚えがあったとか？」

かつての記憶？　だとすれば、僕たちにはまだ思い出せていない〝十年後の記憶〟があるのかもしれない。二人でしばらく考え込んでいると、僕の薬指の指輪がきらりと光った。

「あっ、この指輪の宝石のことだよ！　覚えてるだろ？　ほら、あのちょっと不思議な店主……」

「そういえば……」

「この指輪が何か手掛かりになるのかも」

「手掛かりって……何の？」

僕は薬指に煌めく緑色の瞬きを彼女に見せ、語気を強めて言った。

「元の世界……十年後に戻るためのだよ」

　それを聞いた陽子の表情が曇った。

「うん。そうだよね。重要な手掛かりになる可能性はある……けど。確実に戻れるってわけじゃないし、戻れないかもしれない」

「もちろん確実じゃないけど……これを手掛かりにどうにかして戻る方法を探さないと。このままじゃ僕たち」

　陽子は険しい表情で首を横に振る。

「私はまだそこまで考えられないよ。それより、明日からどう過ごすべきなのかとかさ。心配なことはたくさんあるじゃん」

　耳を疑った。そんな悠長にしている余裕はない。一刻も早く元の十年後の世界に戻らないと。僕はその一心だった。

「ちょっと待って。ふたりで協力して調べようよ。指輪のことも、あの日の電車の事故のこともさ。――タイムトリップみたいなことだよね、これって。テレビとか映画でしか見たことがないし、知識もないけど。何か糸口を見つけて真実に近づかない限り、ずっとこのままだよ。あの頃に戻らなきゃ――僕たちは夫婦なんだ」

「違う」

　今度も強い調子で、まだ子供っぽさの残る声が僕の言葉を遮った。

「夫婦じゃない。兼くんは先生だよ。私は兼くんに勉強を教わる小学生。今はそうなんだから、仕方ないでしょ」

「そんなはずない！」

僕はブランコから立ち上がり、陽子を睨《にら》みつけた。僕を見上げた陽子は一歩も引かないといった様子で、頑《かたく》なに口を結んで睨み返す。

「陽子の人生に僕はもう必要ないってことか。だったら初めからはっきりそう言えよ」

「そういう意味じゃない。勝手に思い込んで怒らないでよ。分かってないな本当に」

分かっていないのはそっちだ。どうしてそんなことを言うのか理解できず、怒りに任せて言葉を続けた。

「僕たちの未来は何処《どこ》へ行ったんだよ。こんなに簡単に捨てられるわけないだろう。陽子は違うのか！」

ふたりの間に流れるぎすぎすした空気。眉根をきつく寄せながら、陽子が口を開きかけたそのとき――。

「ちょっと君」

慌てて振り返ると、自転車に跨《また》がった中年の警察官が、怪しむようにこちらの様子を窺っている。

「こんな小さな子をそんなに怒鳴りつけて。何があったかちょっと聞かせてもらおうかな」

　自転車から降りた警察官は、ゆっくりとした足取りで僕たちに向かってくる。これは職質──というやつか。興奮して公共の場だというのに大声を出しすぎてしまった。

　ちらりと陽子を見ると、彼女は予想外の行動に出た。

「何ぼーっとしてんの。ほら逃げて！」

　僕の手を取ると、警察官の脇をすり抜けて全速力で走り出した。恰幅《かっぷく》のいい警察官は突然のことに驚いたのか、バランスを崩して尻もちをついたまま僕たちに向かって何やら叫んでいた。

「いやいや。やばいやばいやばいって」

「いいから走る！」

　この辺りは陽子の庭だ。他人の敷地であろうが、立ち入り禁止区域であろうが、素早い身のこなしで華麗に潜り抜けていく。僕はついていくのが精いっぱいで、ようやく彼女が河原の芝生で立ち止まったときには息も絶え絶えになっていて、その場で大の字になって空を仰いだ。

　陽子もごろりと横になる。汗だくになった僕たちは、しばらく無言で息を整えていた。するど突然陽子が笑いだし、気がつけば僕もつられてお腹《なか》を抱えて笑っていた。

「あのお巡りさん。お説教モードに入ってたけど、顔が引きつったままひっくり返っちやって。もうおかしくてさ」

「ばかだな……僕は冷や汗ものだったよ。捕まったらどうすんだよ」

「不審者。ヘンタイ」

「勘弁してよ」

なんだか久々にこうして笑いあった気がする。いや、そもそもふたりでこんなふうに馬鹿みたいなことをして、羽目を外したこともなかった。

「真面目に生きてばっかりじゃ味わえないよね。でも悪くはないと思わない？」

雲一つない真っ青な空が視界を埋め尽くしている。

「私たちは夫婦じゃない。でも、かつて夫婦だった。今はそれでいいじゃん。関係性が変わったくらいで、私も兼くんも変わらないよ」

この世界に陽子がいる。今はそれだけで充分なのかもしれない。しかし僕は、陽子と〝夫婦〟という関係性で結ばれていたかった。そうしないと、陽子は僕の目の前からいなくなってしまう――そんな気がしてならなかった。

「ねえ陽子。うまくいってたのかな。十年後の――僕たち〝夫婦〟は」

むくっと体を起こした陽子は両手を挙げて大きく伸びをし、すっと立ち上がって言った。

「かつてどうだったかよりも、今からどうしていくのかでしょ」

小さくなった背中を追いかけて、僕も立ち上がる。膝についた芝生を払いながら、この胸に棲《す》みついている不安を拭いきれなかった。

今ここにいなければ、あの瞬間ふたりとも電車に轢《ひ》かれていたかもしれないというのに。それでも僕は、二人が夫婦だった〝未来〟に戻ることを、諦める気にはなれなかった。

4

翌日の水曜日、昼休みの食堂は学生たちで混雑している。僕は長机の端に一人で陣取り、携帯電話の画面に見入ったまま固まっていた。

映し出されているのは、実家の番号。この親指にあと少しだけ力を込めれば、あの柔らかな声が聞こえてくるはずだ。普段は僕の方から電話を掛けることは少ないから、いささか驚くかもしれない。最近どうしてるとか、お父さんは元気かとか適当に話を振って、ちょっと聞いてもらいたいことがあるって前置きをすれば、ここ数日僕の身に起こったありのままを打ち明けたとしても受け入れてくれるだろうか。僕を悩ませるこの戸惑いや不安を和らげることだってできるかもしれない。

母親の顔が頭に浮かぶ。いつだって笑顔で僕の話に耳を傾けてくれた。辛いときには相談に乗ってくれたし、嬉しいときは自分のことのように喜んでくれた。

そっと携帯を畳み、手の中に収める。

熾烈《しれつ》な受験競争を経て、第一志望の大学に進学することができた。四国での新生活もサポートしてくれた。僕自身もよく分かっていないのに、突飛なことを言い始めたら、きっと心配をかけるだろう。携帯を鞄に押し込むと、グラスの水を一息で飲み干した。

「よう。隣座るで」

聞き覚えのある声が後ろから聞こえて、僕の隣の椅子が引かれた。

僕が断るよりも先に、乾はテーブルにお盆を置いてしまった。カツカレーに、ちくわ天に半熟煮卵。見ているだけで胃もたれしそうな組み合わせである。

「寂しそうやな。しゃあないから、一緒に食ったるわ」

僕のお盆にはすっかり伸びてしまったうどんがぽつんと置かれている。素うどん。胃腸の調子が悪くて、食べ物が喉を通らないのだ。一緒に食べるというより、こいつがカロリーこてこてボリュームたっぷり定食をがっつくのをひたすら見させられるという苦行になるに違いない。

乾が僕の隣に座る。掛けてくる言葉は大体察しがついた。

「で、この間のはなんやったんや？」

乾は僕の方を見ず、白米の上に乗せた半熟卵をスプーンで解してカレーと一緒に掻き込んでいる。

僕は伸びたうどんを箸でつつきながら口をつぐんだ。

もしも全てを打ち明けたら、こいつは〝おもろいやん〟などと言って、僕を助けてくれるのだろうか。こいつならひょっとして、僕の言葉を受け入れてくれるんじゃないか。いや、おかしな奴だと思われるだけかもしれない……逡巡《しゅんじゅん》の末、僕は合理的に見える説明、すなわち言い訳を必死で探した。

「実は僕……」

神妙な調子で切り出すと、乾の表情が引き締まる。

「記憶喪失になったんだ。でも少しずつだけど、記憶は戻ってきてる。あの子は知り合いの子で、図書館でＤＶＤを見ているときに思い出したんだ」

「そうか。そうかそうか」

乾は深く頷くと、大きく口を開け、巨大なちくわ天をひとくちで半分ほど齧《かじ》る。咀嚼する間は沈黙が流れて、僕は敢《あ》えて何も言わずに乾の言葉を待った。

「それならそうと、はよ言えや。お前もしんどかったんやろう」

思いがけない言葉が返ってきて、漂わせていた視線を乾に向ける。乾は箸を止めることなく、あっという間に残りのちくわ天を全て口の中に納めた。

すんなりと話を受け入れてくれたことに驚く。いや、乾は受け入れたふりをしているだけかもしれない。

もし本当のことを打ち明けたらどんな反応をするのだろう。変な奴だと距離を取ったり、他の学生たちに言いふらしたりしないだろうか。そう考えると、やはり嘘《うそ》をついて誤魔化すという選択肢しか自分にはないように思えた。

「記憶はどのくらい戻っとるんや？」

こうなったら……押し通すしかない。

「半分くらいかな」

乾は悩ましげに眉を寄せ、僕の肩に手を置いた。

「記憶って、わーっと戻るもんなんか？　なんかの拍子に」

僕は黙ってうなずいた。本当にそういうものなのかは分からなかった。

乾は僕の肩に置いた手に力を入れた。

「俺にできることなら協力したるで。力になったるわ」

変わった奴だ。誤魔化そう、遠ざけようとしてついた嘘なのに、乾は逆にどんどん踏み込んでくる。親切心なのかおせっかいなのか。それともただの好奇心なのか。僕が〝かつての記憶〟の残る場所に行ってみようかと思っているとつい話すと、俺も一緒に行くと言って聞かなかった。

四限目の講義が終わると、さっそく僕らは電車を乗り継ぎ、〝十年後の僕〟が毎日のように行き来していた駅に降り立った。改札を抜ければすぐに閑静な住宅街が目の前に広がる。

　小雨が降っていて、僕の頬に細かな水滴を打つ。古びたコンクリート造りの棟が立ち並ぶ団地を足早に通り抜けた僕は、他とは色合いの異なるアパートの前で足を止めた。

　おしゃれな外装、きれいに舗装された駐車場のアスファルト。外に設置されたガスメーターやゴミ捨て場に至るまで、何もかも真新しさが漂う。携帯を取り出し、物件情報を検索した。新築で間もなく入居開始。既に部屋は埋まっている。

「なんや。引っ越しでも考えとるんか？」

　記憶を導くのを邪魔すまいと思ったのか、駅に降りて以来ひとことも発していなかった乾がようやく口を開いた。僕は黙って首を横に振る。

「いいや。昔住んでたんだ」

　ここは日常だった。陽《ひ》の落ちた駐車場に車を停《と》め、玄関の鍵を開ける。出迎えてくれた陽子に鞄を手渡して、リビングへ。僕がソファの上に脱ぎ捨てた靴下とシャツを陽子が拾い上げ、脱いだら洗濯機に持って行ってよとため息をつく。冷蔵庫のお茶をグラスに注いで飲み干すと、「ちゃんと閉めた？　グラスはすぐに洗ってね」と陽子の声が追って来るので、風呂場へと避難する。

　疲れを洗い流し、味噌汁《みそしる》のいりこだしの香りに誘われて食卓に赴くと、すでに夕食の準備が整っている。自分の仕事がどれだけ遅くなっても味噌汁だけは作ってきちんとご飯も炊くのが陽子のこだわりだ。箸をつける前に僕は仕事の愚痴をついこぼしてしまう。食べ始めたあとも止まらない。

「それは兼くんにも責任があるんじゃない？」と耳が痛いことを言うから、僕も素直になれずに言い返して、結局喧嘩みたいになる。一緒に住み始めて以来、同じことの繰り返し。少しずつ言葉を交わす回数や同じ空間にいる時間が減っていった。

僕と乾は無言のまま駅に戻って、今度はアーケード街へ向かった。制服姿の若者で賑わうアーケード下から、狭い脇道を通って路地裏へと入って行く。たしかこの辺にあったはず——と記憶を巻き戻しながら。

あの日、さんざん歩き回ったのを覚えている。入籍を控え、新居で使う家具を見にアーケード街を訪れていた僕らは、テレビで紹介されていたイタリアンレストランを探して昼食をとることにした。

でも店の名前も覚えていないし、場所の情報もざっくりと曖昧だった。僕たちは迷路のような路地を歩き回り続けて、すっかり疲労の色を濃くしていた。もう諦めようかと弱気なことを僕が言い出した時、無言で看板を見上げていた陽子が、声を上げた。

「ここ宝石店じゃない？」

アンティークな装いは西洋の骨董品屋《こっとうひんや》を思わせたが、看板には読みづらいものの〝ジュエリー〟の綴《つづ》りが見える。ちょうど僕らは結婚指輪を探していて、互いの知り合いに勧められた宝石店を何軒か巡っていたところだった。歩き疲れて足を休めたかったということもあるのだろう。陽子は迷いなく僕の手を引いて木製の重々しい扉を開いた。

間接照明を用いた薄暗い店内に一瞬尻込みする。店主が世界中から買い付けて来たのだろうか。アンティークらしき家具や雑貨が床から天井にまで所狭しと並べられており、ジュエリーショップという感じはしなかった。

店主の姿は、どこにも見当たらない。やめておこうよ、と踵を返そうとする僕をよそに、ずんずんと店の奥へと進んでいった陽子が、吸い込まれるように正面のショーケースの前で立ち止まった。

「これ、何だろう。すごくきれい」

視線の先で煌めくのは、不思議な緑色の光を放つ宝石だった。陽子が石を見つめながら目を輝かせ、僕も艶やかな石に魅了されていた。

「十二の星座石のひとつ、ペリドット。かんらん石だよ。綺麗な色でしょう」

突然背後から聞こえてきた声に、僕と陽子は同時に振り返った。老人だ。立派な髭《ひげ》に、黒く鋭い眼光。ニスの効いたフローリングにキシキシと車輪の音を鳴らしながら、器用に車椅子を操っている。思わずあいだを空けた僕らの真ん中を通り抜け、ショーケースを前に話し始めた。

「この地球にはね、人類が未だに見たことがない景色があるんだ。何だと思う?」

陽子がやや間をおいて答える。「誰も行ったことがない海域の海底とか……?」

「それも正解」老人はにやりと笑った。「他には?」

ふたつの視線が僕に注がれる。「アマゾンの奥地のジャングルとか……危険すぎて行けない場所とかですか?」何も浮かばなかった末に、なんともまどろっこしい答えになってしまった。

「危険すぎて行けない……か。悪くないね。そういう場所にこそ人間は惹《ひ》かれる。ロマンがあるんだろうね」

老人はとんとんと靴先で床板を鳴らし、そこを指さした。

「君は穴を掘ったことはあるかい?」

それを聞いて、僕は小学生の頃の出来事を思い出した。そういえば校庭のもみの木の下にみんなで穴を掘ったっけ。六年二組のクラス全員、三十人分の宝物が収まるよう、みんなでスコップを手に汗水流した。五十センチほどだろうか。〝自分で掘った〟というのなら、それ以上の深さの穴を僕は知らない。

「ありますけど、それほど大きなものは」

老人は目を細め、軽く咳払《せきばら》いをして話を続けた。

「ロシアのコラ半島という場所に、世界一深い穴がある。直線距離にしておよそ十二キロだ」

「十二キロ……でもなんでそんな穴を？」

老人は今度は指を上に向け、小さく横にちっちと振った。

「一九六九年、アメリカ合衆国の宇宙船、アポロ十一号が人類史上初めて月に到達した。当時ソ連は、潜水や宇宙進出……何でもアメリカと競っていたのだ。そして翌一九七〇年に、とある計画をスタートさせる。それは人類未踏の、地中の深部〝マントル〟への旅だった」

「マントル……ですか？」

「そう。マントルだ。二十年以上かけて掘り進んだものの、地下熱に阻まれて掘削が行き詰まったうえ、資金難にも悩まされ、結局マントルまでは到達できなかった。残念ながら実験場は解体され、今は入口を溶接された〝穴〟だけを残して廃墟と化している。もしそのまま進んでいたら、どんな景色が見られたと思う？」

「果てしない暗闇……それか、マグマが煮えたぎっているとか？」

陽子の答えに、老人は残念、とばかりに首を振り、ショーケースの中を指さした。

「それだよ。君たちの目の前にある」

僕たちが視線を移した先には、無数の光を惜しげもなく反射させる、緑色の美しい輝きがあった。

「地下三百五十キロ。人類未踏のマントルに到達すれば、そこは高温で光り輝くきらびやかな世界が広がっている。透き通った緑色だ。マントルを構成するのは、かんらん岩と言われる美しい宝石鉱物で、その六割を占めるのが〝ペリドット〟。いわゆるかんらん石だ。幻想的で、ロマンを感じないかい？　二人の門出に相応《ふさわ》しい光だ」

老人は車椅子で僕の隣にやってきて、わざとらしく肩を叩いた。

「営業トークはここまでだよ。あとは君たち次第だね」

わははっと豪快に笑う。商人の〝交渉術〟を前に、僕らは苦笑いをするしかなかった。


走馬灯のようにあの日のことを思い出しながら立ち尽くす僕の目の前で、乾が赤白青がぐるぐると回転する看板にもたれ掛かりながら、退屈そうに言った。

「行きつけの理容院か？　ボロ臭くて今にも潰れそうやけど」

僕と陽子は、結局あれから数回あの宝石店へと通った。最後に刻印とサイズ調整の済んだ指輪と鑑別書を受け取りに行った日から、遡ること九年。〝前〟の今、その場所には古びた理容院が店を構えており、宝石店はまだ存在していなかった。

「いや、違う。ここには無かった」

乾は不思議そうな顔をしながら、「そうか」とだけ答えた。

僕はとっくに気づいていた。ここには……いや、この世界の何処にも、僕と陽子が夫婦だった証《あかし》はないということに。あるのは小学六年生の女の子と、彼女の家庭教師をしている大学生という関係性だけ。

帰りの電車は空《す》いていた。僕たちはボックス席に向かい合わせで座り、無言のまま電車が動き始める。乾は大きな口をあけて欠伸《あくび》をし、「何か思い出せたか？」と切り出した。

僕は答えた。「思い出せたことはないよ。だけど、気づいたことはある」

電車は揺れながらレールの上を進んでいく。

僕がいる場所よりも後方へと流れていく景色が〝過去〟であるというのならば、これから現れる前方の〝未来〟の記憶も僕は持っている。先週までの僕にはなかったが、突如として僕の記憶に上書きされた部分。その記憶はその時の感情や匂い、音まではっきりと思い出せるほど鮮明で、かつて僕が生きていた未来は存在したと確信している。

だが、気づいたことがある。すでに景色は変わってきている。かつての未来と、今まさに訪れている現在は一致していない。

その証明が目の前にいる乾だ。かつて過ごした大学生活では時折講義や図書館で顔を見かける程度で、こうして一緒に学食でご飯を食べたり、放課後に街を巡ったりなどしなかった。

だが、現実として記憶は新しく更新されている。それはこのまま生きて行けば、陽子と生きた未来に辿り着けない可能性もあるということを意味していた。

電車が津久多駅に到着し、僕と乾はホームへと降り立つ。ここでの事故の光景は、生々しく記憶に刻まれている。

渋谷がホームの屋根から飛び降りて、僕たちは助けに線路に降りた。電車はすぐそこまで迫っていて、間一髪で渋谷をホームへと押し上げたが、僕たちの未来はその瞬間から緑色に瞬く眩《まばゆ》い光の中へと消えてしまった。

僕はずっと考えていた。どうにかして〝未来〟に戻れないかと。僕は夫婦としてうまくやっていく自信を失いかけていたが、それでも離れ離れになることなどまったく想像もしていなかった。

しかし、あの宝石店はなかった。まるで〝未来〟に繋がる命綱が絶たれてしまったかのようで、僕は愕然《がくぜん》としている。きっともう戻ることはできない。たとえ戻ったとしても、あの事故によって僕たち夫婦は命を落としているに違いない。未来は、あの瞬間死んだのだ。

「この世の終わりみたいな顔しとるで、お前」

乾が腕を組みながら呟く。微かに首を横に振るが、否定の言葉を発する力は出てこなかった。

「記憶をなくした奴に、過去のことにこだわるな、というのは無理かもしれん」

線路の先でライトが瞬く。次の電車だ。結局何も手掛かりを得ることができないまま、こうして着実に時は進んでいく。

「せやけど、いくら悩んで苦しんだところでそこはもう変えられへん。新しい記憶を作っていくことを大事にした方が、人生はおもろいと思うで」

僕はその言葉をすんなり受け入れることができず、下を向く。

もはや存在しない〝未来〟の幻影を、僕は未だに追い続けていた。

5

前回の家庭教師から一週間が経《た》った。昨夜まで降っていた雨も止《や》み、ぬかるみの残る道路脇をやや早足で歩く。

夢中で考え事をしていると、気づけば門の前だった。インターホンを押し、出てきたお母さんに二階へ通される。

「なんか疲れてない？」

この一週間、食事がまともに喉を通らなかったせいだろう。陽子は僕の変化に驚いた。

この不思議な現象の手掛かりを求めて、暇さえあれば図書館で〝タイムトラベル〟の文献を漁《あさ》り、インターネットでも検索した。だが大半はＳＦ小説などのフィクションばかりで、僕の目的を満たすものはなかなか見つからない。逆に科学的な論文なんかはさっぱり意味が分からず、お手上げだった。逃れることのできない現実を目の当たりにするにつれ、食欲不振ばかりでなく、夜も寝つきが悪くなった。

「ちゃんと食べてる？」

心配そうに尋ねる陽子に、「……うどんとか」と弱々しく唇を動かして答える。

現実を受け入れられない自分を見透かされまいと視線を逸らしても、陽子は僕に声をかけ続けた。

「食べなきゃ生きていけないのはどこで誰といようが同じだから。私の見てない間に弱っていくのはやめてよ」

陽子がいないとどんどんだらしなくなる。それもここ数日ですっかり身に染みていた。どんなときも一汁三菜を欠かすことのなかった食卓は、もうない。仕事をしながら、当たり前のように毎日してくれていた洗濯も掃除も。夫婦として築いてきた日常が、彼女の日々の努力と献身によって成り立っていたのだと思い知らされる。

「陽子は元気そうだね」

机の横に掛けてあるランドセルからクリアケースを取り出した陽子は、プリントを数枚抜き取って机の上に広げる。キャラクターものの筆箱からシャーペンを出してノックし、落ち着いた口調で答えた。

「宿題。お母さんが先生と一緒にやったらどうかって」

身を乗り出してプリントに目を走らせる。算数の問題だ。道のりと時間から速さを求める問題と、図形の面積を求める問題が並んでいる。

「いやいや。小学生の問題でしょ？」

僕がそう言うと、陽子の表情が曇った。

「先生。私は小学生です。兼くんは私に勉強を教えるという仕事をしに来てるんだよ」

もちろん自分の立場は分かっているつもりなのだが……〝このままでいいのか〟という不安に縛られてばかりいる。

「気にならないの？　僕たちがいた未来がどうなったのか」

陽子は小さくかぶりを振って、握りしめていたシャーペンをプリントの上に転がした。

「ずっと考えてるよ。悪い夢を見てるだけかもしれないとか、実はかつての記憶の方が偽りで、本当は私はただの小学生なんじゃないかとか。でも、やっぱり答えなんか出ないって気づいたんだ。もう一度同じように二人で電車に轢かれそうになれば……なんて考えたこともあるけど、失敗したらどうなるの？　あの頃に戻ろうと私たちがどれだけじたばたしたって、元に戻る方法が見つかる保証なんてないんだよ。私たちがいた〝未来〟はもう〝過去〟と同じで、今更変えることはできない。変えられるのはこれからやってくる〝未来〟だけ。もといた場所からすれば遠い道のりかもしれないけど、またここから歩き始める覚悟を決めないと、ずっと苦しいままだよ」

僕はこの一週間で、二人で住んでいたアパートや、結婚指輪を買った宝石店……それから教鞭《きょうべん》をとっていた高校を巡ったことを話した。何の手掛かりも摑めず、何もかもが始まる前で、未来の痕跡は何もなかった、と。

「見てきたのなら、あとは受け入れるだけじゃない？」

陽子は再びシャーペンを手に取り、計算問題に取り掛かった。

僕は陽子の先生にならなければならない。いつまでもだらしのない夫〝気どり〟のままではいけない。だがどうしても陽子のように頭の中を整理して、地に足をつけて歩き始める決心がつかない。

彼女は強い。それに比べて、僕はどうなのか。

コツコツと小さな部屋の中に響き渡るペンの音。適切な計算式を使って、淡々と正解を導き出す音。僕は正解のない問題に向き合って、答えが出ないと悩んでいるだけなのかもしれない。

このままではいけない。

僕は鞄の中から赤ペンを取り出し、陽子が問題を解き終えるのを待った。

「よう。待たせたな」

昼休みの食堂の、学生たちでごった返す長机。一番端に陣取る僕に、乾が声を掛ける。場所をキープするために置いていた鞄を引き寄せると、奴は隣にどしっと腰を下ろした。すぐさまファミレスで店員にオーダーするかのように、僕に向けてメニューをまくし立てる。

「カツ丼定食。煮卵。わさび稲荷《いなり》。牛肉コロッケ」

「おいおい。食いすぎだろ」

渋々立ち上がった僕は、券売機の列へと並ぶ。言われるがままに注文を済ませ、お盆に出来立ての定食を載せると、退屈そうに欠伸をしながら携帯をいじっている乾の目の前に置いた。

「ご苦労さん。悪いが、負けは負けやからな」

一滴でも雨が降れば僕の勝ちだった。

昨日の夕方の図書館。ガラス越しの空におぼろ雲が見え、鳥が低空を飛んでいたのを見て、「ひと雨来そうだ」と呟いた。隣でそれを聞いた乾が、「ほんまか？　賭けてもええか？」と返した。

結局生半可な知識が仇《あだ》となり、手痛い出費を食らうことになった。旨《うま》そうにカツ丼を頬張る乾が憎々しい。

「お。お前のうどん、肉が乗っとるやんけ」

「お陰様でね」

十年前に戻ってから、半月以上が過ぎていた。乾とは特に約束を交わした訳ではないが、たまの授業中と昼休み、そして放課後に自然とつるむようになった。

「前から聞きたかったんだけど」

「なんや」

「なんで僕なんかと一緒にいるんだ？　あいつらといた方が楽しいだろう」

目配せをした先は、型に嵌《はま》った若者ファッションの群れ。食堂のボックス席を占領し、講義室の最後列を常に陣取る学年最大派閥のグループだ。授業によっては仲間どうし学生証を回収して、代返をローテーションする。試験前は互いのノートで空白を埋め合い情報交換。彼らは群れることで、要領よく学生のルーチンをこなす。バイトと、ゲームと、女の子の話しかしない。

「嫌や。あいつらおもんないもん」

そう、乾もあのグループにいた。僕とつるむまでは。

「僕といるよりはましだろ。分かんないな」

乾は彼らに背中を向けて、小声で囁いた。

「あいつら見てみ。人数だけは多いけどな、絶対あんなかで嫌いな奴もおるで。でも我慢しとる。友達の友達やから。しょうもないよな。大して仲良くもない奴の分までせかせか代返しとるんやで。ほんまにしょうもな」

嘲るように口角を上げる。悪い顔だ。

「俺は本当におりたい奴と一緒におる。ただそんだけや」

リアクションに困ることを言う。

「気持ちは嬉しいけど、僕といても面白くないよ」

僕が苦笑いすると、乾は片肘を突き、不敵に僕の顔を指さしながら言った。

「俺はな。自分のことをおもろないと思っとるお前のことを、おもろいと感じるんや。せやから無理しておもろい奴になろうとせんでええで」

変な奴だ。色で例えるのなら、蛍光ピンク。主張が強烈で、視線を引きつける。僕なんかと仲良くなって彼に何のメリットがあるのかはよく分からないが、だれかとつるむのが億劫《おっくう》だった僕に、〝友人〟という存在の楽しさや有難さを教えてくれたことには感謝している。こいつの言葉は信頼がおける。良くも悪くも正直で、表裏がない。遠慮なくずけずけと言うから腹が立つこともあるけど、結局それは僕に対して妥協しない姿勢の表れであると感じるからだ。

「で、今日は？」

ここのところの合言葉を僕が唱える。奴のその日の気分で、図書館で時間を潰した後はラーメン屋へ行ったり街をぶらぶらしたりしていた。

乾は待ってましたとばかりに笑みを浮かべ、「ええとこ見つけたんや」とわざとらしく囁いた。

6

「随分と楽しそうだね」

机の手前に寄せ集めた消しゴムのカスを平らにし、指先で丸めて練り込む。団子状になった黒くて小さな球体を、今度はシャーペンの先で突き刺す。昔からの陽子の癖だ。未だに直っていない。真面目な彼女でも、集中力が途切れる時がある。眠気を誤魔化そうとしたり、苦手分野の学習から逃げようとしたり。そういう時には、ノートの脇に消しカスの墓標がいくつも並んだ。

今日は急に冷えこんだからか、部屋に暖房がついていたので、着てきたジャケットは椅子の背もたれにかける。

「めんどくさい奴なんだよ。気まぐれで何考えてるのかさっぱり。こうと決めたら妥協しないからよく喧嘩するし、何でこいつと一緒にいるんだろって思うこともある」

よくよく考えれば、僕は乾に振り回されてばかり。講義中はずっとひそひそとしょうもない話を振って来るし、学食はじゃんけんで負けた方が奢《おご》るというバトルに付き合わされる。放課後のＤＶＤ鑑賞でも狭いのに指定席に尻を捻《ね》じ込《こ》んできて、僕が見ているドラマに横からいちいち茶々を入れてくるし。

乾と出会い、つるみ始めてから一か月ちょっと。それは僕にとって小さくない事件で、そのことについて話し始めるとついつい長くなり、やがて自分ばかりが話していることに気づいた。

「よかったじゃん。兼くんってあんまり友達とつるんでるイメージなかったからさ」

どこか淡々とした口調だ。思い返せば先週も元気がなかった。口数も減って、硬い表情が増えた気がする。僕が話をしても素っ気ない反応ばかりだし、陽子は僕のことに興味がなくなってしまったのではないかという疑念が頭をよぎる。

「陽子はどうなの？」

きっと学校で何かあったに違いない。好きな同級生でもできた？　まさか先生とか……。

週に一度、それも数時間しか会う機会がない僕たちだ。牽制《けんせい》というわけではないが、僕に対して閉ざされかかっている心の内を知ろうと、恐る恐る声を掛けた。

「どうって？」

「いや、最近の話とか」

「昨日は社会科見学。ダムに行って、ひたすら歩いて帰ったよ。ヒートテック着て行ったのに風が冷たくて、手がかじかむし」

小枝のような指先が長袖のシャツの袖から覗いている。子供っぽく頬を膨らませ、ぽつりぽつりと言葉を落とす。

「そうじゃなくて。どうなの、学校は。友達とか」

陽子は筆箱の手前の二つの球体を掌ですり潰して、ひとつの不格好な塊にした。

「私にとってのお友達は、兼くんだけ。大きな大きなお友達」

冗談を言っているのだろうが、どこか余所余所しさを感じる。

「いや、友達じゃないでしょ」

部屋に漂う不穏な空気。黒い球体はシャーペンで薄く伸ばされ、机の表面に張り付いている。まるでそばを打つ工程のようだ。

「だって。勉強を教えてくれない先生なんていないよ。だとしたら兼くんは、毎週土曜日に私とお話をしにきているお友達ってことでしょ」

やはり変だ。どんなに厳しいことを言っても、それは僕のためを思ってであって、いつも味方でいてくれる。それが僕にとっての〝陽子〟なのだが、今の彼女はそうではない気がする。本当に、僕への関心などなくなってしまったのだろうか。

「確かに宿題を手伝うぐらいで、あんまり教えてるとは言い難いけど……友達じゃない。夫婦だよ。僕たちには一緒に歩んできた歴史がある。歴史ってのはあれこれ混ぜっ返して争いの種にするためのものじゃなくて、未来のために必要な大切な〝糧〟だよ」

陽子は手に持った定規の角で消しゴムのカスを崩し、大きなため息をついた。

「糧……か。だとしたら、兼くんは私と結婚したことを糧にはしなかったの？」

強い口調だった。僕は戸惑いながら、懸命に言葉を返した。

「したよ。いや、するつもりだ。また陽子と一緒に生きていくためのね」

陽子は机に広げた理科のテキストを虚《うつ》ろに眺めていたが、やがてページの溝に挟まった消しカスを、ごみ箱に向けて払い捨てた。

「兼くんは大丈夫だよ。友達もできて、楽しそうにやってるじゃん。そういう考え方もできて、大人だなって思う。私なんか、小学生にすらなれないってのに」


目の前で乾が重いボールを抱えながら精神統一し、力強い助走をつけて勢いよく右手を振り切る。十本のピンに向かって高速で滑っていくボールは絡み合うようにピンを巻き込み、両端の一本ずつだけを残してレーンの奥へと消えていった。

「うわ、やってもた。7－10スプリットや」

乾が頭を抱えながら戻って来る。

「何？　そのなんとかスプリットって」

「残っとるピンが七番と十番やから、7－10スプリット。こっからスペアを取るのは至難の業や。プロでも百回投げて一回成功すればええ方やで」

要するに、僕は勝利をほぼ手中に収めたということらしい。最後の第十フレーム。ここでスペアを決めなければ、奴は僕のスコアを上回ることができない。

「あんなに離れてたら無理だね。ご愁傷様」

「なんや、お前もう勝った気になっとるやろ。まあ見とけや」

乾のボールがコンベアに乗って戻ってくる。穴に指を差し込み、大きく息を吸い込んで集中力を高めた乾は、ポジションについたと同時に、やや力任せに見える勝負の一投を繰り出した。

「いてまえ！」

ボールはほとんど横回転せず、真っすぐに十番ピンめがけて転がっていく。しかしギリギリのところで球筋が若干逸れ、ボールは二本のピンの間を虚しく通過して行った。

「ほれみろ。奇跡はそうそう起きるもんじゃないって」

うなだれる乾の頭はどんどん低くなり、ついに床にまで到達。額をぴったりつけて

「この通りや！」と泣きの一ゲームを懇願した。

「いやいや。やらないから」

「お前それでも男か？　俺がこんなに頭を下げとるのに。逃げるんか」

「頭下げてる割には態度でかいな！」

負けた方がゲーム代を払う。乾が言い出したルールに従って正々堂々と競った末、結

局泣きの一回も含めて僕の完勝に終わった。カウンターで財布を握りしめたまま、ここでも乾はゴネた。

「なあ。お前は潔く負けを認めて二度と勝負しようだなんて言い出さん人間と、勝つまで諦めずに戦う人間、どっちが成功すると思う？」

「つべこべ言わずに金を払う人間かな」

店員さんが苦笑いする前で、乾は渋々財布から金を取り出した。単純に負けず嫌いなのか。隙あらばボケてやろうとしているのか。たぶん両方だろう。

「惜しかった。あと数センチ左なら、ピンを真横に弾《はじ》いてスプリットを攻略できとったんや。まあ、しゃあない。ほんのわずかな差で人の運命は大きく変わる」

「そういうのは勝ってから言わないと……」

ほんのわずかな差。ふと、陽子の顔が思い浮かぶ。僕たちの出会いもそうだ。もしもバイトを探しに大学の生協に行くのが一日遅ければ、家庭教師の求人は無くなっていたかもしれない。その先にあった、本気で教師を目指すというきっかけも、陽子と結婚するという運命も。小さな偶然が無数に絡まり合い、今日という日へと続いている。

「締めのカラオケや。朝まで歌いまくるで！」

負けた憂さ晴らしだろうか。前々から誘われていたカラオケに連行されたはいいが、僕は陽子のことが頭から離れなくなってしまっていた。ひたすら乾が馬鹿みたいにでかい声で歌い続けるという時間が続くなか、「お前も歌え」と勧められはしたが、結局マイクを手にすることはなく、とうとう歌い疲れた乾がソファに顔を埋《うず》めていびきをかき始めた頃には、朝になっていた。

会計を済ませた僕らは、眠い目をこすりながら始発を待った。土曜の朝の冷たい空気はどこか澄んでいて、風に当たるだけで意識が冴《さ》える気がする。電車を乗り継ぎ、歩いて自宅に辿り着いた僕は、ベッドに雪崩《なだ》れ込《こ》むとそのまま泥のように眠った。アラームすら設定しておらず、起きたときには既にお昼で、あやうく寝過ごすところだった。今日は家庭教師の日だ。

頭の中は大人である陽子に、小学生レベルの内容を今更僕が教える必要もなく、この時間を利用してただただ黙々と宿題を消化していく陽子をよそに、初めは図書館で調べたタイムトラベルの本や、街を巡って目についた変化などを一方的に報告していた。ところが最近は乾との馬鹿話ばかり。僕に友達ができたことを喜んでくれていると思っていたけれど、振り返れば陽子の様子がおかしくなった時期と重なることが気にかかっていた。

長い長い坂道を上り、陽子の実家の門の前に立った。前回の気まずい空気が頭をよぎって、ためらいながらインターホンを押すと、やや時間を置いてお母さんの声が聞こえた。

「あ、新田君？　ごめんね。今日あの子ちょっと無理かもしれない……」

深刻そうなトーンは、インターホン越しでも伝わって来た。何があったんですか？　と尋ねても、落ち込んでるみたいだから、授業できるかどうか……と言葉を濁すばかりだ。

「せっかくここまで来たので、ちょっと陽子ちゃんとお話しさせてもらえませんか？」

ようやく玄関へ通してもらうと、お母さんは不安げな表情を浮かべながら「何かあったらすぐに教えて」と僕に釘を刺した。陽子の部屋のドアをいつも通りノックする。返事は聞こえなかったが、意を決してドアを開け、足を踏み入れた。

「陽子、入るよ」

陽子は小さな背中を丸め、机に向かって突っ伏していた。声を掛けても、何も返ってこない。

「陽子。どうしたんだ？」

何度目かの呼びかけでようやく微かに顔を上げる。横から覗き込むと、眼は腫れて充血していた。涙なのか鼻水なのかも分からないくらいに顔はぐしゃぐしゃで、僕がハンカチを取り出して拭こうとすると、陽子は顔を背けた。

「お母さんに打ち明けた」

小さな唇が動く。その言葉の意味は理解したものの、現実感がなく、僕は確認するように尋ねた。

「何を？」

陽子は腫れぼったい目を薄く開く。ふうと息を吸い込んで、静かに吐き出した。

「本当は二十二歳なのに、十二歳に戻っちゃったって」

机の上にぽつりぽつりと涙が落ちた。僕は慌ててまたハンカチを添えようとしたが、陽子はその手を振り払った。

「兼くんはいいよね。友達もできて。楽しそうでさ」

怒りの滲んだ鋭い視線が僕を刺す。

「そんな。友達っていっても乾だけだし、陽子だって学校に友達くらい……」

陽子はランドセルを両手で持ち上げ、僕の足元に投げつけた。ノートや教科書が床に散らばり、筆箱からはペンや消しゴム、定規が飛び出す。

「あたし二十二だよ。普通に考えてみ？　十二歳の同級生と仲良くできる？　ついていけるわけないじゃん」

机の上に整然と並べられたキャラクターものの手帳やノートを両手で床に払い落とす。僕に向かって投げつけられたリコーダーが壁に当たって床を跳ね回った。

「いつもだよ。私だって愚痴ぐらいあるし、弱音だって吐きたい。それでも自分のことは後回しにして、とにかく兼くんが抱える問題と向き合ってきた。〝大丈夫だよ〟って言っても気休めにしかならないから、本当に兼くんのためになると思うことを言ってきたつもり。それなのにそっちは意地になるばっかり。うまくいかないのは優しくしてくれない私のせいなの？　そんなんだから先生やめろって言ったんだよ！」

陽子は投げるものがなくなると、ぺたっと床に崩れ落ち、静かに嗚咽を漏らした。

「もう限界だった。せめてお母さんなら。お母さんに全てを知ってもらえば、私も楽になるかもしれないって思った。でも信じてもらえなかった。あんなお母さんの顔初めて見た。まるで頭がおかしくなった人を見るみたいに……」

物音に気づいたのか、階段を上がる音が聞こえてきて、すぐにノックもなく扉が開いた。

「ごめんね。こんな調子で……さ、今日はもう終わりにしましょう」

お母さんに背中を押され、僕は高瀬家を後にした。

ぼんやりと前を見ていたが、がっくりと首を垂れながら歩いているような心地だった。

僕は陽子のことを知ろうとしていたのだろうか。夫婦なのだからとその関係性に胡坐《あぐら》をかき、過剰な要求ばかり重ね続けていたのかもしれない。今の今に至るまで、僕は気づきもしなかった。だがようやく確信した。陽子を傷つけ、追い込んでいたのは僕だ。

そんなことにすら気づかなかったのだから、夫婦としてうまくいくわけがない。

〝僕らってまだ夫婦なの？〟

自分があの部屋でかつて放った言葉が、虚しく胸の中で反響する。何も変わっちゃいない。夫婦であった頃も。夫婦である前に戻った今も。僕は一生かけて大事にすると誓ったはずの妻にさえ、残酷なほどに無関心で利己的で。そんな人間が、教師になって人を正しく導き、救うことなどできるのだろうか。

気づけば僕は帰りの電車に乗ろうと、津久多駅のホームに立っていた。

ここから全てが始まり、全てが変わってしまった。今ここにいる僕は何をすべきなのだろうか。足元を見つめながらどれだけ自分に問いかけても、こんな自分が出す答えなどろくでもないものだろうと諦める気持ちしか湧かず、僕はいつまでも顔を上げることができなかった。

7

冬の到来を告げる寒波が次第に強まる中、乾いた風が緩やかに前髪を揺らす。

青く澄み渡った空の下、バルーンでできた正面ゲートを潜り抜けると、ジャージ姿のサークル仲間らしき集団が会話を弾ませながら前を歩いており、威勢のいいボーカルと空気を震わせるようなベース音がどこからか聞こえてくる。

「ほれ、パンフレットあるで」

受付に平積みにされた冊子を乾に渡され、パラパラと中を流し見る。

「はい。見る？」

横を歩く陽子に手渡そうと軽く肩を寄せたが、無言で視線を逸らしたまま一歩距離を開けられる。

「えらい御機嫌斜めやな」

からかうような口調で乾が話しかけるが、その言葉にもまるで反応しない。

「何か食べる？　ほら、お店いっぱいあるよ」

テントが立ち並ぶ広場は、やきそば、焼き鳥、りんご飴《あめ》などの出店で賑わっている。

陽子は僕を見上げると、やっと重い口を開いた。

「トイレ行ってくる」

噴水前のベンチに腰掛けた僕に、やれやれといった感じで乾が尋ねる。

「あの子いつもあんな感じか？　魂が抜けとるで」

陽子が大泣きした事件の数日後、陽子のお母さんから電話がかかってきた。週末に催される僕の大学の学園祭に行きたいと言っている、と。陽子なりに吹っ切れて前向きな気持ちになれたのかなと思ったのだが、いざ会ってみればまるであの日の続きのように、僕に対する態度は素っ気ないままだ。

「この間までのお前そっくりや。辛気臭いのが移ったみたいやな」

果たしてそうだろうか。もともと陽子の本心はこんな感じだったのかもしれない。僕が頼りないばかりに、気丈に振舞ってくれていたのだ。

「そういえば、お前らが前に会ったときに気になったことがあるんやが」

声を潜める素振りをするが、ボリュームは変わっていない。心配してくれているのか、色々詮索して面白がっているのか分からないが、おそらく両方だろう。

「なんだよ」

「何で泣いとったんや？　記憶をなくす前に何かあったんやろ」

それを聞くタイミングはいくらでもあったはずなのに、どうして今なのだろう。僕はしばし黙って、慎重に答えを練った。

もしもこの場で陽子が母親にしたのと同じように、記憶だけを連れてタイムトリップしたこの現象のことを乾に打ち明けたなら、奴はどんな顔をするだろうか。それはおもろいといって不敵に笑うのか、それとも冗談だと思って受け流すのか。どのみちこいつは裏表の無い反応をするに違いない。

しかし僕は結局、嘘をつかない範囲で当たり障りのない答えを口にした。

「喧嘩したんだよ」

「喧嘩？　相手は小学生やで？」

不思議そうな顔をする。僕が小学生を相手に何を揉《も》めるのか想像がつかないのだろう。

「まあいろいろあってさ。最近やっと分かった気がするよ、その原因は大体僕にあるって」

「そらそうやろうな」

こいつに言われるともやもやする。だが僕はこうも考えていた。あれは喧嘩ではなく、確かに喧嘩っぽくは映るが、結局は僕が単に彼女を怒らせてしまっただけなのだと。いや、もしかするとあれがたまたまあの日になっただけで、十年の時を遡る以前から、彼女は怒りを爆発させる瞬間を探していたのかもしれない。現に僕は彼女の本音に気づいてはいなかったし、本気で知ろうともしていなかった。

「で、仲直りはできたんか?」

おせっかい好きが僕の肩を叩く。僕は弱々しく首を垂れて、ため息混じりに答えた。

「見ての通りだよ。僕は彼女に嫌われているし、信頼もされていない」

陽子がリュックサックを背負い、トイレから戻って来る。相変わらず感情の乏しい顔をしているが、その右手にはさっきまではなかったものが握られていた。

「財布。落ちてた」

ピンク色のドット模様が入っている。お洒落《しゃれ》で可愛《かわい》らしい財布だ。

「誰のだろう。とりあえず学園祭実行委員の本部に持って行こうか。確かあの辺にテントがあったはず」

先程もらったパンフレットを広げながら指で構内の地図をなぞる。中央広場に実行委員の本部があるようだ。

人ごみを掻き分けながら、広場の人の顔を見て回る。財布の中の学生証の写真に写っていたのは、長い茶色のやや癖のかかった髪の毛と、ぱっちりとした目の女性だったが、そういった人は見当たらない。どこか他の会場へと移動したのかもしれない。

人でごった返す出店の前を通った時だった。甘い匂いに誘われるように振り返ると、視線の先にひときわ長い行列がずらっと続いていた。クレープ屋だ。店内で店員の学生が手際よく生地を薄く伸ばしている。

行列の先頭で、背中を曲げてあたふたしている女性の姿が目に映った。鞄の中身をひっかきまわし、必死に何かを探している。目の前ではレジ係らしき男子が心配そうにその様子を見ていた。

ひょっとして。駆け寄ると、女性は僕の気配に気づいたのか、ぱっと振り返った。大きな目と長い髪、どこか優しそうな雰囲気から、すぐに学生証の女性だと分かった。潤んだ瞳は今にも泣きだしそうで、緊張とパニックからか唇が震えている。見るに見かねて、僕は思わず言った。

「ここは僕がとりあえず立て替えます」

クレープの代金を肩代わりした僕は彼女を連れて列を抜けた。彼女はその場で何度も頭を下げた。僕がポケットから彼女の財布を取り出して手渡すと、目をぱちくりさせて驚き、また何度もぺこぺこと頭を下げた。離れて辺りを探していた陽子と乾がその様子に気づき、僕たちの傍《そば》にやって来る。

「トイレにあったんです。この子が拾ったんですよ」

小さな肩をぽんと叩くと、俯いていた陽子が顔を上げる。女性が会釈をし、「見つけてくれてありがとう」と丁寧にお礼を述べた。

彼女は背が高く、陽子の首の角度も上がる。彼女は財布から先程僕が立て替えた代金を返し、腕時計へと目を落とした。

「すいません。このあとちょっと予定があって……今度またきちんとお礼に伺いますので、きょうはこれで失礼します。本当にありがとうございました」

もう一度丁寧に頭を下げると、彼女はクレープを手に握りしめながら嵐のように去っていった。

「今度またって……連絡先も交換してへんけど。まあ、またどっかで会うやろ」

そう言って笑う乾の傍らで、陽子は女性が去っていった方角を指さしながら、ぽつりと呟いた。

「落ちてる。マニユキユアも。ヘアピンも。ハンカチ、コンタクトケース。点々と」

道に迷わないようにパンくずを撒《ま》きながら歩いたヘンゼルとグレーテルの童話を思い

出した。さては鞄に……穴など開いていないだろうか。

「おいおい。一難去ってまたなんとかやな」

僕は彼女が落としたものを拾い集めながらその背中を探したが、今度は見つからなかった。仕方なく拾ったものを実行委員の本部へ届けに行くと、受け付けてくれた女性は彼女と知り合いらしく、「届けておきますね」と笑顔を作った。

僕らは出店で買った思い思いの昼食を立ったまま済ませると、メインステージへと向かうことにした。

「財布が落ちるほどの穴が開いとるのに気づかんとか、なかなかやな」

そう言って乾は笑う。心なしか、僕のことを「おもろい」と言っている時の顔に似ていた。

ステージの前は小中学生や若い女性でごった返し、周辺をお揃いのグリーンのジャケットを着た実行委員たちが忙しなく動き回っている。間もなく若手お笑いコンビが登場してトークと漫才を披露し、続けて地元出身の著名ロックバンドによるライブが行われた。

僕と陽子は会話を交わすことなく、ひたすら黙ってステージを見つめていた。ときどき波のように笑い声が上がり、歓声が行き交う客席で、ふと今この場にふたりが並んでいることが不思議に思えた。

かつては恋人同士として肩を並べて歩いて、手を繋いだりなんかして。それから二人を結ぶ関係は夫婦へと発展した。妙なことに、今は家庭教師の大学生とその教え子の小学生として、再びここにいる。

ライブが終わると、僕らは中庭のベンチに腰掛けて足を休めた。すると乾は〝ちょっと手伝って欲しい〟と顔なじみの先輩に拉致され、僕と陽子は二人きりになってしまった。

「大学っていいよね」

陽子がふいに呟く。僕は驚いて彼女を見た。その視線の先では、男女入り交じった学生たちのグループが、出店で買ったりんご飴を食べ回し、笑いながら歩いていた。

ようやく訪れた話し合いのチャンス。だが僕は黙ってしまった。

頭に浮かんだのは、ハタチになった彼女と再会した時のことだ。そのときは、大学に進まずに就職を選んだことを不思議に思った。付き合い始めてからやっと、就職した理由を教えてくれた。

陽子が高校生の時、父親の会社が倒産した。重役だった陽子の父は借金を抱えた末に自己破産。家庭環境が激変した陽子は、奨学金を借りて大学に通うことはできると母に説得されたが、一刻も早く働いて親を安心させたいと就職することを決意したそうだ。

僕もそんな事情を知って、早々に陽子との結婚を決意した。

「やっぱり……行ってみたかった?」
陽子は前を向いたまま、そっと肩をすくめた。
「自分が決めたことだから後悔はないよ。けどこうしてここに来れば、大学に通ってい
た自分を想像しちゃうよね」
「なったらいいじゃん。大学に行けなかった陽子は、もうどこにもいないんだから」
かつての未来は、確実に僕たちの中に存在する。忘れてしまうことなどできない。だ
が、いつまでもその記憶に囚《とら》われていては、僕たちは前に進めない。苦しみながらも強
く生きようともがいている陽子の姿を見ていると、僕はこのままじゃいけないと思い始
めていた。
「しょうがない。ここから始めるとしますか」
顔立ちこそあどけないが、凛としたその表情は大人の女性のように見えた。
自分の足で立ち上がって歩いていくのに、ためらいなど一切ないかのように。

8

「お前、就職はどないするんや?」

十年前に遡ってしまった日から三か月が過ぎた。いつものように食堂で昼食をとって

いると、乾が急にそんなことを訊《き》いてきた。

僕は首をひねりながら、ひとしきり考えた。

「教員を目指すか、一般企業に入るか……正直まだ分からないよ」

僕がいる教育学部は教職に関する単位と卒業要件単位は別で、それを見越して履修計画を立てなければならない。つまり、教職課程をクリアするには、〝教員になる〟という強い覚悟が必要だった。

「じゃあなんで教育学部に入ったんや。気が変わったんか？」

「……どうだろうね」

乾はますます分からないといった様子で、怪訝な顔をしている。

「他人事みたいやな。まあ、俺が口出しすることちゃうけど」

あながち間違ってはいない。教師になりたい一心だったかつての自分は、まるで他人のように感じる。

「まあええんちゃうか。俺の知り合いも、教育学部に入って一般企業に就職したしな。少しでも迷いがあるんならすっぱり切り替えるんも今のうちや」

陽子の家庭教師がきっかけで、僕は教えることにやり甲斐《がい》を感じ、本気で教師を志した。しかし十年後の結婚記念日で、陽子は僕に「無理しなくてもいい」と言った。やりたいことと向いていることは、必ずしもイコールで結ばれるわけではないのだと思い知った。

「乾はどうなんだよ」

お気に入りのTシャツを着ている僕は、汚さないように慎重にラーメンをすすりながら、対面で親子丼を貪っている男に水を向けた。

「俺か？　就活するつもりやで。もともとここの大学の教育学部に入ったんも、何となく滑り止めで受かっただけやしな」

乾の実家はひいおじいちゃんの代から受け継がれてきた飲み屋で、そこの長男だと聞いたことがある。当然跡を継ぐものだと勝手に思っていたのだが、本人はその点に関して口にしないしデリケートな話題だと思って敢えて避けてきた。就活する、とはっきりと断言したのは正直意外だった。

「何で？　実家は大丈夫なの？」

乾は口を歪ませ、箸を置いた。

「跡を継がんのかって言いたいんか？」

僕は黙り込んだ。否定しないことを、肯定だと奴は受け取った。

「確かにそういう選択肢もある。やけど、あくまでも選択肢や。俺はそういう環境に生まれたからって、絶対にそうせないかんって考え方は嫌いや。俺がどう生きるかは、俺自身が色々知って考えた上で決める。就活はその一環や」

何も言い返せず、黙ってスープを一口だけすすった。

いつからだろうか。教師という職業に対しての憧れが、〝向いていない〟という現実に向き合う作業に代わっていったのは。

教師になるんだという強い気持ちが、ひと通り現実を知ってあっけなく揺れている。今の僕は客観的に自分を見ている。僕がどう生きるのかを決めるのは僕ではないとすら感じるほどに。

「結局お前はどうしたいんや」

教師になりたい。だけど、その言葉は出なかった。

「僕も……就活しようかな」

何やそれ、と乾は呆《あき》れたように吐き捨てた。

「お前は僕のことおもろいって言うけど、僕はそれほど自分に自信を持ってはいないよ」

ふんといった感じで、乾が頰杖《ほおづえ》をつく。

「お前はおもろい奴や。俺が保証したる。せやけどそれを誰にでも出せるようになるかどうかは訓練次第やな」

訓練？　何のことを言っているのかよく分からなかった。

「例えば、ふとしたときに咄嗟《とっさ》に粋な一言が出て来るかどうか。ホンマにおもろい奴っ

ての は普段からそういうことを意識しとるし、それがひいては相手はもちろん、自分を助けることにもなる」

ますます分からない。そういうのは練習したところで身に付くものではないだろうとため息をついた、そのときだった。

「あっ!」

突如として熱気とともにつるつるした感触が頭を包み込み、服に熱い液体がかかった。何が起きた? あっさりとした美味《おい》しそうな匂い……もしかしてこれは?

「ごめんなさいごめんなさい! 私のうどんが……」

湯気越しに、盆を片手に持った背の高い女の子が長い髪を振り乱し、ぺこぺこと頭を下げている。乾が僕を指さし、はつらつとした表情で「今や!」と叫んだ。

「あっつ! あっつう! あっつぅ!」

粋な一言どころではなかった。出汁《だし》の香ばしい匂いが立ち込める中、急いで服を脱いだ僕は、お気に入りのTシャツを勢いよく床に叩きつけた。

「ごめんなさい。遠くで手を振っている友達に気を取られてしまって……」

事情聴取はグラウンド脇のベンチで行われた。目の前のテニスコートでは、ジャージ姿の男たちのへたくそなサーブとラリーが行き交っている。

「ええねん。むしろあそこで粋なことを言えへんかったこいつの方こそ問題があるな」

ふんぞり返って言う乾に、「あなたには言ってませんから」と女の子が不満げに言う。

「ほれみろ。お前といると〝おもろい〟どころか、ろくなことがない」

俯いたままそう零した僕は、結構マジで凹んでいた。お気に入りのTシャツがしこたま出汁を吸い込んで香ばしくなってしまったからだ。しかし目の前で謝り倒している女の子に対してその矛先を露骨に向けるのは、それこそ〝粋〟ではない気がした。

「本当にごめんなさい。服も弁償しますから」

僕は彼女が売店で買ってきてくれたシャツに着替えながら、「ああ、いいですよ。Tシャツなんて自分で洗えばまた着られますし」と平静を装って答えた。

しかし本当はそんなことはない。真っ白なシャツにこんなに大きな茶色いシミだ。クリーニングに出しても取れるかどうか分からないだろう。何よりさっき叩きつけた拍子だろうか……袖が解《ほつ》れて縫い目が開いてしまった。好きなアーティストのライブで買った限定ものなので、もう二度と手に入ることはない。

「あんた、ほんまにおかしなやっちゃな。鞄は直したんか？」

乾が女性に尋ねる。鞄？　何を言っているのだろうと思い、さっきまで気まずくて彼女から視線を逸らしていた僕は、申し訳なさそうに眉を寄せたその顔を初めてまじまじと見た。

「あっ！　学園祭の時の」

眼鏡をし、髪を結んでいるので気づかなかったが、乾の言う通り、鞄の中身を点々とばらまいていった〝彼女〟に間違いなかった。やや癖のかかった前髪から、ぱっちりとした二重の形のいい垂れ目が覗き、口元には白い歯がきらりと光る。背が高くて小顔で、手足も細くてすらっとしている。殆どの男がすれ違ったら振り向いてしまいそうなほどの美人だ。

「重ね重ねご無礼をしてしまい、何とお詫《わ》びすればよいのやら……」

がっくりと首を垂れる彼女に、また乾が声を掛ける。

「しかし、大学では見ない顔やな。名前は？　どこの学部や？」

「早川《はやかわ》沙織《さおり》って言います。教育学部です。今は四年生なので、実習に行ったりしてほとんど講義には来てませんけど」

「その割にはあんた危なっかしいな。ちなみに何の実習や？」

年上だと分かっても敬語に切り替える素振りも見せないのが乾らしい。

「保育園です。今は卒論とかインターンとか。後期には教育実践演習や採用試験もあるし、色々と忙しくって」

乾はふうんと納得したように相槌《あいづち》を打つ。そしてグラウンドの時計を見上げ、はっとしたように言った。

「午後の一発目の講義は外でサッカーやで。急がんかい。ねえちゃんまた今度な」

乾に背中を押されるように、小走りでグラウンドを横切る。へたくそなサーブを打ち合っていた学生たちはもういなくなっており、片づけ忘れたボールがひとつ、風に流されて転がっている。ふと振り返れば、沙織は立ち尽くしたまま、こちらを見ていた。

多少の犠牲はあったが、もらい事故にあったと思って、忘れよう。彼女はまだ何か言いたげだったけど、連絡先も交換しなかったし、もう会うこともないだろう。そう僕は思っていた。


しかし、二度あることは三度ある。

明くる日、駅前の駐輪場で見覚えのある顔が必死に自転車を起こしていた。

ざっと辺りを見渡すと、数台……いや、数十台の自転車が将棋倒しのようにずらーっと横倒しになっている。運が悪いことに、僕の愛用のミニチャリも巻き込まれていた。

沙織が起こそうとしているのは電動機付き自転車で、その細い腕では重くてなかなか持ち上がりそうにない。こっそり自分の自転車だけ救出してそそくさと立ち去ることもできたはずだが、必死に自転車を起こそうとしている彼女を放っておくことはできなかった。

「あの……代わりますよ」

沙織が息を切らせながら必死に引っ張っていたハンドルに僕が両手を添えると、彼女はくるりと振り向いて「あっ」という小さな叫び声をあげた。

「せーのっ。ほら、下の自転車引っ張って」

下敷きになっているのが彼女のらしい。ピンク色の可愛いミニチャリだ。よく見ると僕の愛車と色違いだった。

「助かりました……ありがとうございます」

沙織の自転車を引っ張り出す。このまま立ち去るわけにはいかないので、倒れた自転車を順番に起こしていった。通りがかった親切な人が途中から手伝ってくれたこともあり、五分ほどで作業は完了した。

「ごめんなさい。ついうっかり大惨事を招いてしまいました。ありがとうございます」

決して親切心ではなかったのだが、深々と頭を下げる沙織に逆に申し訳なくなってしまい、いいですいいです、と首を振った。

「あの。この間のお礼を……」

沙織が言い終える前に、僕はミニチャリに跨って「ごめん。ちょっと急ぐのでまた」と遮った。

沙織がお礼をしたい気持ちは分かる。財布どころか鞄の中身も全て拾ってもらい、頭から熱々のうどんをぶっかけ、将棋倒しにした自転車を直すのを手伝ってもらったのだから。

　しかし僕は正直気が進まなかった。妻の……陽子以外の女性とふたりきりになることに、後ろめたい気持ちがあったからだ。

　しかし、僕のミニチャリの前方に回り込んだ彼女の方が早かった。

「逃がしませんよ。今度こそお礼を」

「いや、別に逃げるわけじゃ……」

「お礼を」


「私のおごりです。どうぞ楽しんで」

　ビー玉みたいに澄んだ眼と、ぴょんと立つ立派なお鬚《ひげ》。澄ました顔で目の前のテーブルにちょこんと座った猫。一匹ではない。軽やかに椅子に飛び乗ったり下りたり、壁でばりばりと爪を研いでいる子もいる。

「動物は好きですか?」という問いに、別に好きでもないし嫌いでもないと曖昧に答えると、次は「犬派ですか猫派ですか」という問いに変わったので、しいて言えば猫だと答えると、数分後に僕はあっという間に猫塗《ねこまみ》れになった。たとえ犬と答えようが、はじめからここに連れてくるつもりだったに違いない。

「この子はアメリカンショートヘア。きりっとしたおめめ。この子はキンカロー。ふわふわな毛並み。ああ、可愛い」

「あの……自分が楽しんでません?」

そんなことないですよ、と猫じゃらしを僕に渡しながら首を振る。促されるまま近くにいた猫の前でかざすが、興味なしといった様子でぷいと行ってしまう。

「この間もなんですけど……今日も本当に助かりました。新田さんって優しいんですね」

続いて渡された小さなゴムボールを受け取りながら、「そんなんじゃないですよ」と答える。

「優しいんじゃなくて、困っている人を見過ごすとか放っておくという選択肢を選ぶ勇気がないだけで、しいて言えば流されやすいんですよね」

僕がまどろっこしい答えを返すと、ふうんと興味深げにうなずいた沙織は、普通は逆ですよね、と腕組みをした。

「目の前に困っている人がいても、手を貸したり助けるって行動が取れなくて後悔する場合の方が多いんじゃないですか? その点自然に助けられる人って、すごく素敵だと思います。私なんか……」

僕はまた首を振る。前向きな捉え方をしてもらえるのは有難いが、そこまで持ち上げられてしまうと逆に申し訳なくなってしまう。

「僕は、嫌な人間だと思われたくないだけの、嫌な人間ですよ」

卑屈な言い方になってしまった。だが沙織はにっこりと微笑んで言う。

「いいじゃないですか。良い人間だろうと、嫌な人間だろうと。新田さんは仕方なくそうしたのかもしれないですけど、助けられた人にとっては同じですよ。感謝してます」

ぺこりと頭を下げる。僕はもう何も言えなくなって頰を掻いた。

「早川さん……は少し、というかかなり変わっていますよね」

話題を変えたくて、彼女に水を向ける。可能な限りオブラートに包もうとしたのに、ストレートな言い方になってしまった。露骨にしゅんとしてしまった彼女に、必死で言葉を添える。

「あ、悪い意味じゃないですよ。面白い人だなあって」

乾の言葉を借りてしまう。つくづく流されやすく、調子のいい人間だ。

「よく言われるんです。ちょっと天然すぎる、もっと落ち着いて行動して、次は何をやらかすのって……友達とか親とか先生とか」

小学校時代、習字用の墨汁のボトルの蓋を閉めずにランドセルの中に入れてしまい、教科書が黒く染まって解読不能になったり、中学では寝坊をして慌てて支度をして行ったらパジャマの上に制服を着ていたり。高校に上がっても相変わらずで、下駄箱を間違えて他人の靴を履いて帰ってしまい、しかもそのことに気がつくのに一週間もかかったとか。

　でも彼女は許されてきた。小さい事件は起こしても大きなトラブルに発展することはなかった。周囲の人のフォローや気遣いによって彼女は支えられ、成長してきたに違いない。僕にしても、いつの間にかこの時間を居心地よく感じていた。

「周りにはそれとなく反対されるんですけど……私、夢があるんです」

　彼女の膝にひょいと猫が乗る。頬を緩めて愛《いと》おしそうに背中をなでながら、彼女は話を続けた。

「猫もなんですけど……小さい子供が好きで好きで。無邪気で元気いっぱい、覚えたての言葉を使って一生懸命おしゃべりして。そんな様子を見てると、わくわくするんです。この子たちと一緒に過ごして、成長を助けたり見守ってあげられたら幸せだなあって」

　僕は陽子の言葉を思い出していた。

〝人には向き不向きがある〟

　正直に言ってしまえば、僕が真っ先に抱いてしまったのは、そういった類の感情であった。彼女の想《おも》いは伝わるし、気持ちは痛いほど分かる。だが現実的に考えれば、彼女は他人の大事な子供を預かるという仕事には向いていないように思えた。

「そうなんだ。大変だと思うけど、夢が叶うといいですね」

　言えなかった。いや、言っていいはずがない。かつて教師を志し、夢を追う日々を過ごしていた自分の姿を見ているようで、僕は胸が苦しくなった。

僕の言葉に安心したようにくしゃっと笑った彼女は、店員さんが運んできた小瓶とスプーンを僕に手渡して言った。

「おやつの時間ですよ」

言われるがままに瓶に匙《さじ》を入れると、思い思いに行動していた猫たちがあっという間に僕を包囲した。

迫りくる肉球。スプーンに齧りつこうと押し寄せる口。僕の服や顔には餌が飛び散り、毛だらけになってしまった。

「あらら。今度またお詫《わ》びをしなければいけませんね」

流されやすいんです、という自分の言葉を噛み締める。僕はすっかり彼女のペースに嵌ってしまっていた。

9

「よう、今から二番通り来れへんか？」

「なぜ？」

「ちょうど時間が空いたんや。どうせ暇やろ？」

僕は返事をせず、携帯をぱちりと折りたたんでジーンズのポケットに押し込んだ。辺りは耳をつんざくような無数の電子音。目の前には大きな透明の箱。アクリルのステージの上には二本のポールが平行に並んでいて、その上には落ちそうで落ちない巨大なぬいぐるみが横たわっている。このクレーンゲームの絶妙なバランスをどうにかこうにか決壊させようと奮闘している沙織の背中を、かれこれ二十分ほど見守っていた。

沙織は真剣なまなざしでぬいぐるみを見つめ、意を決したように右手でボタンを押した。軽快なBGMとともに二つのフックがついたクレーンが横移動を始める。

「ここ！」

入魂、とばかりに再びボタンを叩く。垂直に降りたクレーンは、ぬいぐるみを軽くこすっただけだった。ふうと気の抜けた声を出した彼女は、ちょっと待っててと僕の両肩を叩き、鞄から財布を取り出してカウンター前の両替機へと小走りで駆けて行った。

大学に近いアーケード街で、ふらっとゲームセンターに入ったのが間違いだった。もう諦めよう、これ、取れないようになってるんだよ、と幾度となく説得を試みたが、火がついてしまった彼女は、かれこれ四千円以上をこの台に注《つ》ぎ込《こ》んでいる。

「貴様。ええ度胸しとるな」

突然強く肩を叩かれ、「ぎゃっ！」という短い叫び声が出た。慌てて振り向くと、僕を睨みつけるジャージ姿の乾がいた。

「あれ？　二番通りにいるって言ってたじゃん」

「ここは俺のホームや。どっかで見たような顔がうろついとったから、お前を仲間と信じて、カマかけたんや」

怒るのかと思いきや、にやりと笑みを浮かべた乾は、財布に入れようとして落としてしまったのか、両替機の前で膝をつき、小銭を拾い集める沙織の背中を身を乗り出して見つめた。

「そうかそうか。熱々のうどんを頭からぶっかけ、お詫びと称してデートに誘う。熱々うどんぶっかけ詐欺と名付けよう」

「いや、騙《だま》されてないから」

「なるほど。むしろ騙しているのはお前か。熱々のうどんをぶっかけられたことを口実に……」

「騙されてませんから」

彼女が戻って来た。今にも乾の背中をヒールで蹴りたそうにとんとんと床を蹴っている。

そのとき、男子高校生らしき五人が、賑やかに笑い合い、立ち並んだクレーンゲームを物色するようにキョロキョロしながら歩いてくる。僕たちの横を通り過ぎる直前、彼らの会話がぴたりと止まり、二、三人がこちらを振り返りながら去っていった。

言うまでもない。視線の先は、僕でも、乾でもなく、早川沙織である。

艶めいた茶色い髪の先はくるくるとカールが掛かっており、ボリュームネックのセーターにベージュのコートを合わせ、スキニーパンツはすらりと長い足を強調している。当の本人は常におどおどとして落ち着きがない感じなのだが、注目を集めるのも納得する整ったルックスである。

「全く。隅に置けんやっちゃなあ、お前」

乾がにやにやしながら僕の脇をつつく。

「いやいや、僕たち付き合ってるわけじゃないから」

「ん？　そうなんか」

沙織は口を結んだまま何も言わない。

「ほんならなんで休みの日に一緒におるんや？」

その問いは沙織に向けられた。

「お詫びです、重ね重ねご迷惑をおかけした」

曇りのない眼で、はっきりと主張する。

「なら一回でええやろう。何回も会わんでも」

乾がそう言うと、沙織はなぜか視線を逸らし、黙り込んでしまった。

乾は腕組みをしながら僕と沙織を交互に見つめると、いつもの不敵な笑みを浮かべた。

「ちゅうことは、俺が一緒におっても問題ないな」

　それからちょくちょく、僕たちは三人で食事に行ったり、遊びに行くようになった。沙織は実習や卒論で忙しいはずだが、乾が声を掛ければどうにかして時間を作ると言ってやってきた。あるいは、日曜日に乾から電話があり、今沙織と一緒におるから出て来いと急に呼び出されたり。僕の知らないところであのふたりにも交流があるのは薄々感じていたが、水面下で進められていた計画を急に明かされたときはさすがに驚いた。

「二泊三日。俺、お前、そして沙織ちゃんで巡る高知ぶらり旅。仲間同士絆《きずな》を深めるのにまたとない機会やで」

　僕は露骨に難色を示した。乾は、今更空気の読めないことを言ったら、今度は釜揚げうどんが釜ごと脳天に降り注ぐぞと僕を脅してきた。

「いやいや。旅行とか行くような感じじゃないから」

　乾は満面の笑みを浮かべる。

「これも何かの縁やろ。せっかく学生なんやから、旅行ぐらいせな」

「あっ、そうだ。土曜日はバイトがあるから無理だね」

　高速代が割安になる週末を予定に組み込んでいるが、僕の土曜日の午後は常に埋まっている。

「ああ、家庭教師な」

乾はふんと鼻を鳴らすと、携帯を取り出してカレンダーを眺め始めた。

「直後の水曜日が祝日やろ。ここで埋め合わせてもらえ」

何を勝手なことを言っている。そんな我儘《わがまま》が通るわけがない。

そう思っていたのだが、陽子のお母さんは気まぐれな学生の予定変更には寛容だった。

「あら。行ってきなさいよ。学生なんだから、今のうちに遊んでおかないと」

計画はあっさりと承認された。飲み物を持ってきてくれたお母さんは、「ちなみに彼女さん？」と好奇心を覗かせてきた。

「あっ。いやいや、友達です」

お母さんが部屋から出ていくと、陽子は一瞬だけ言い淀《よど》んだ僕の顔をちらりと覗き込んだ。

「楽しそうでいいね。相変わらず」

「いや、僕も本当は乗り気じゃないんだけど。乾がしつこくって」

「別に行けばいいじゃん。何で嫌がるの」

妻がいるからだ。今は別居中とはいえ、僕に既婚者であるという感覚は残っている。その身で、二か月ほど前の学園祭で会ったばかりの女性となりゆきで旅行に出かけるなど、そんな不貞を起こす気にはなれなかった。

「行きなよ。代わりにさ、明日ちょっと付き合って」

この間大街道《おおかいどう》で見かけたカフェに行きたいんだけど、お母さんたちとはちょっと入りづらい。

そう言って僕を連れ出した陽子が、僕の分まできぱきとメニューを指さしてオーダーをする。その姿に、店員さんは目を細めて微笑ましそうにしていたが、テーブルに置かれた自家焙煎《ばいせん》のコーヒーとピーチソーダフロートの位置が逆だと陽子に指摘されたときはさすがに目を丸くしていた。陽子は苦いコーヒーを好み、僕は甘いものに目がないのだ。

「さすがに生一丁とは言えないよね」

カフェのアルコールメニューを指さしながら、控え目に歯を見せて笑う陽子。小学生になったとはいえ、中身は二十二歳の女性である。この姿であることで、かつて当たり前だった行動が制限されることばかりだろう。子供に戻ってやってみたいことなんてそんなにないし、あの頃も早く大人になりたくて、やっぱり今も大人のままがよかった。

陽子はそうぼやくと、火傷《やけど》をしないようにふーふーとコーヒーを冷ました。

キリマンジャロ。酸味が強く、体の芯に染み渡るような苦味がいい、と陽子がいつも近所のコーヒー店で挽《ひ》いてもらってたっけ。僕は飲まなかったけど、リビングに立ち込めていたのと同じ匂いだ。懐かしくなって、キッチンに立つ陽子の背中を思い浮かべていた。

「兼くんはいいよね。大学生活。なんだってできるし、どこへ行くのも自由だし」

そんな陽子だって、もう年も明けたし、春になったら中学生だ。月日は冷酷なほど正確に暦を追いかけて、誰も置き去りにはしない。

「なあ、僕たちどうするんだよ」

桜の季節の到来が意味するのは、この関係の解消である。こうして休日に会うことはできるが、僕たちをがっちりと繋いでいた〝家庭教師と生徒〟という結び目は解けてしまう。

「決まってるでしょ。卒業するの」

「卒業って……」

陽子はカップにそっと唇を寄せると、静かに笑みを浮かべた。

「私はちゃんと整理して考えているよ。兼くんと夫婦だったってことと、今私がやるべきこと」

そのとき、思いがけない声が聞こえた。

「良い香りですね」

対面する陽子が微かに目を見開く。

僕は慌てて腰をあげた。姿勢よく立っていたのは沙織だった。微笑みながら陽子を見つめている。

「ごめんなさい。お邪魔しちゃったかな?」

お洒落にモカ色のワンピースを着こなし、さらさらのきれいな茶色い髪が揺れる。いつものおっとりとした仕草だ。

「どうしてここに?」と痒《かゆ》くもない頭を掻きながら尋ねると、「ここは行きつけなので」と子供みたいに得意げな笑顔を浮かべる。

「覚えてるかな? 学園祭の時はありがとう。お財布見つけてくれて助かりました。家庭教師の生徒さんだよね? 新田さんにはすっかりお世話になっています」

沙織は腰を曲げ、はっきりとした口調で丁寧に陽子に言い、頭を下げた。陽子は驚いたように沙織を見つめている。

それもそのはずだ。僕は陽子に何も話していない。学食でうどんをぶっかけられた事件で沙織と再会したことも、乾を含め三人で遊んだりしていることも。

何も言わない陽子に困った顔をした沙織だが、ふと思い出したように言葉を続けた。

「そうだ。わたし早川沙織です。陽子ちゃんだよね?」

そっと陽子の顔を覗き込む。

「……はい」

「いつも話は新田さんから聞いているよ」と笑みを浮かべる沙織。じろじろと見つめられる陽子の顔は、だんだんと曇っていく。

「先生、優しいでしょ。羨ましいな。勉強教えてもらえるなんて」

そうでもないですよ、と陽子は事もなげに答える。確かに特に優しくもないし、勉強もまともに教えていない。極めて正しい答えである。

私なら嬉しいけどなあと言いながら沙織は、陽子に向かって無邪気に言葉をかけた。

「今度、先生をお借りしますね」

それを聞いて、陽子は不審そうに眉をひそめる。そして、じろりと僕の顔を睨んだ。

僕は焦った。そのことについても、陽子には何も言っていなかったのだ。

陽子を不安にさせるかもしれない話だと分かっていたし、黙っておけば大丈夫だと思っていた。今となっては、甘い考えだったと後悔しかない。

「あ、今度行く旅行、早川さんも一緒なんだ。三人とも仲いいからさ」

取り繕うように説明するが、焦るあまり声が上ずる。

「すっごい楽しみなんです。私、実は高知は初めてで」

こんなにノリノリだとは思っていなかった。沙織は乾に誘われて仕方なく来るのだろうと勝手に思い込んでいて、嬉しさを隠さない沙織の表情に反比例するように、ばつの悪さが増していった。

「そうだ。お土産買わないといけないね。陽子ちゃんは何が欲しい？」

人懐っこい笑顔は陽子に向いたままだ。

「いらない」

あまりに声が小さくて、沙織には聞こえなかったようだ。もう一度尋ねようと沙織がさらに腰を屈めた瞬間、今度ははっきりと陽子の声が響いた。

「私も行くから。お土産はいらない」

10

集合時間は朝の九時。僕と沙織が大学近くのコンビニの駐車場で待っていると、乾が車で迎えに来た。友達から借りてきたという軽自動車はかなり年季が入っており、フロントとバンパーは凹みや傷だらけ。エンジン音からして奇妙な音が混じっており、このまま高速道路を走れば、ばらばらになってしまうんじゃないかと心配になった。

荷物を狭いトランクに詰め込むと、沙織が後部座席に座ったので、僕は助手席に乗り込んだ。僕と沙織が後部座席にふたりきりだと、常に陽子に僕と沙織のやりとりを監視されているようで落ち着かないだろうという、我ながら身勝手な理由だ。

車は三人を乗せて今度は陽子の家へ向かう。普段は歩いて上る長い坂道を抜けると、玄関前で陽子とお母さんが並んで立って待っていた。

リュックサックを背負った陽子に沙織が中から手を振るが、軽く会釈はするものの笑顔はない。お母さんに挨拶をしようと車から降りた僕にリュックサックを外して手渡すと、陽子は黙ったまま後部座席へと乗り込んだ。

「今日はお邪魔してごめんなさいね、あの子どうしてもついて行くって聞かなくて」

リュックをトランクに押し込んだ僕に、お母さんが声を掛けてくる。

「やっと明るくなってきたかなと思ったら、また最近元気がないの」

本当は二十二歳なのだと打ち明けて以来、お母さんは自分とどう向き合ったらいいのか分かりかねている様子だと、陽子から聞いている。

「難しい時期なんでしょうね。僕にもありましたから」

とはいえ僕が小学生の頃の悩みごとと言えば、身長が低い方だとか、給食を食べるのが遅いとかぐらいのものだった。

「色々と悩みがあるのかもしれないから、よかったら聞いてあげてね」

お母さんが不安げな表情を浮かべる。週に一度しか会わない僕より、お母さんは陽子のことをよく見ているはずで、心配も尽きないのだろう。

しかし陽子は、〝僕と夫婦だった〟ことに関しては打ち明けていない。僕が陽子に妙なことを吹き込んだのではとお母さんに思われたら、家庭教師という機会を失ってしまうかもしれない、と陽子は考えたのだろう。

　お母さんは僕のことを信頼しているからこそ旅行の許可を出してくれたはずである。車を見送るお母さんの姿を見つめながら、どこか後ろ髪を引かれる思いだった。

「陽子ちゃんって、小学校六年生だっけ？　ということは十二歳か！」

　三度の飯より子供が大好きな沙織は、多少不愛想な子でも怯むことはない。そんな彼女に、陽子は初めはそっけないまでもきちんと受け答えをしていたが、うっとうしくなったのか、やがて鞄から文庫本を取り出して読み始めてしまった。

　一度パーキングエリアに立ち寄ってトイレ休憩をとる。そこで僕は陽子を呼び止めた。

「仲良くする気がなさそうに見えるんだけど。結局何が目的なんだ？」

　陽子はちらっと車の中の沙織を見やる。今度は冷めた目つきで僕を見上げた。

「私に黙ってたってことは、兼くんこそ何かあるんでしょ。私はそれを知りたいだけ」

　返す言葉もない。やはり沙織と会っていたことを黙っていたのはまずかったと、再び後悔する。

　パーキングエリアを出た後も、後部座席から会話は聞こえない。さすがの沙織も読書の邪魔はできず、車内は僕と乾のとりとめのない会話だけが響いている。後部座席の様子をバックミラーでちらちらと気にしながら、車は高速道路を東へと進んでいった。

　午前十一時。初日の高知巡りの第一弾は、〝ひろめ市場〟。和洋中の区別なく約四十の飲食店で賑わう人気スポットで、ワンフロアに所狭しと屋台形式の店が立ち並ぶ。中央の大きな広場にあるテーブル席では、老若男女を問わず、たくさんの人が自由な雰囲気で食事を楽しんでいる。なかでも、炙《あぶ》りたてのカツオのたたきが味わえる人気店は黒山の人だかりだ。

じゃんけんに勝ったのは乾。仕方なく沙織と二人で列に並ぶ。四人分のカツオのたたき定食を注文し、順路に沿って並びながら、ガラス越しに立ち上る炎の中、揃いのTシャツを着た若者がカツオを藁《わら》焼《や》きにする作業を見ていた。

僕は隣にいる沙織よりも、テーブル席でふたりきりになっている乾と陽子の方が気になっていた。あいつ、何か陽子に変なことを聞いてないだろうか。学校に好きな子はいるの?とか。彼氏は?とか。多感な時期だからそういう話はするなと事前に釘を刺してはおいたが、あいつが僕の言いつけをすんなり守るとは思えない。

「前から聞いてみたかったんですけど……兼祐さんは、何の先生になりたいんですか?」

沙織が顔を覗き込みながら尋ねてくる。陽子たちのことばかり気にしていた僕は、急に飛んできた真面目な質問に不意を突かれた。

同じ教育学部である。しかし僕は彼女が期待しているような答えを準備することができず、しばし黙り込んだ。

「もしかして……就職ですか?」

僕は慌てて首を横に振った。もちろん教師は憧れだけど、どこを目指すのかは決めかねている、と取り繕うような言葉を並べる。

教育学部に入学し、一般企業に就職する学生は一定数存在する。にもかかわらず、つい慌てた反応を見せた僕を、沙織は不思議そうな目で見つめている。

「一緒にご飯食べたときとかも、そういう話題を避けていたような気がしますし……何か不安なことでもあるんですか？　先生になることに」

彼女は現時点の僕から見れば先輩であり、すでに実習なども経験している。食事をした時も話題は保育園での子供との会話についてが多かった。自分自身の失敗談も楽しそうに語る彼女の姿はいつだって生き生きとしていた。

「正直、迷ってます。本当に僕が教師になってもいいのかっていう疑問がどうしても拭えなくて」

沙織は真剣な表情で僕の話に耳を傾けている。普段のおっとりした様子とは違い、緊張感の漂う面持ちだ。

「向いているとか向いていないとかの話ですか？　兼祐さんなら大丈夫ですよ」

それは僕にとって意外な言葉だった。お世辞には聞こえず、どんな服が似合うかを教えてくれるようなトーンだった。

「またまた。僕が気が弱いの知ってますよね」

冗談めかして言ったつもりだが、彼女はそう受け取らなかった。

「気が強くないと先生ってなれないんでしょうか」

少しずつ列が前へと進んでいく。沙織は真剣な表情を崩さず、話を続けた。

「べつに怒鳴ったり熱血指導したり、ぐいぐい引っ張っていくタイプじゃなくても、生徒に好かれる先生はたくさんいますよ」

それでも、かつての教師としての自分を肯定する気にはなれなかった。

「いつも気が弱いって言い訳してコミュニケーションを放棄しちゃうんです。卑怯者《ひきょうもの》なんですよ、僕は」

沙織は悩まし気な表情を浮かべながら、励ますような口調で答えた。

「兼祐さんは気にしすぎですよ。私なんか実習で色々やらかして先生に怒られるんですけど、そんなに気にしてないですよ」

そこは気にしてください、と思ったが、真面目な顔をして言う彼女がおかしくて、ついつい込みあげてくる笑いを隠し切れず、ふふっと息が漏れた。

「あれ？　何で笑うんですかー。まあいいや。やっと笑顔になってくれたし。なんか悩んでいるふうに見えたので、心配してたんです」

「すいません。せっかくの旅行なのに気を遣わせちゃって」

「そんなことないですよ」

僕はやっぱり隠し事が苦手なんだなと痛感する。

「……そうだ。兼祐さんに渡したいものがあって」

沙織は鞄の中からビニールで包装された何かを取り出し、僕に手渡した。

「荷物になるかなと思ったんですけど……やっと手に入ったので、どうしても今日渡したくて」

手に取ると、中身が何かすぐに判《わか》った。僕が気に入っていたあのTシャツだ。驚いて、どうやって手に入れたんですか？　と尋ねると「ネットオークションです」と笑った。

「あれからどうしても気になっていて……もしやと思って調べたら、このシャツは限定モノだって気づいたんです。とても大切にされていたはずなのに、絶対シミになっちゃったでしょうから、どうしてもお返ししなきゃと思ったんです」

僕はおおごとにはしたくなかったのだが、結局沙織は気を遣わずにはいられなかったらしい。

「私、申し訳ないという気持ちはたくさんあったんですけど、やっぱり単純に嬉しかったんですよね。だって、頭からうどんって相当無礼ですよ。なのに、すごく優しくしてくれた」

僕は、ただ単に言えなかっただけだ。謝れとか、弁償しろとか。そう答えた僕に、沙織は微笑みながら言った。

「卑怯者は私です」

さっき僕が発した言葉だった。沙織は恥ずかしそうに顔を逸らしたあとに、丁寧に言葉を継いだ。

「自分に優しくしてくれた人に感謝こそすれ、あわよくばその優しさが、自分だけに向いてくれないかと願うなんて。卑怯者じゃないですか」

その言葉に、僕はどきっとした。感謝の気持ちとか、申し訳なさとか……それ以上にはっきりと伝わってきたのは、彼女の僕に対する〝好意〟だった。

どう答えたらいいのだろうと戸惑いながら、僕は――もしも彼女と共に未来へと進む道を選んだなら――と考え始めていた。

それは、陽子との未来を完全に放棄するということでもある。

駅の屋根から飛び降りた教え子を助けようとした陽子と僕が、列車に轢かれる――そんな過去は、再び起こりえないだろう。

むしろ陽子にとっては、その方がいいのかもしれない。僕は彼女の未来を奪ってはいけないのだ。

「お次の方どうぞ」

僕らの番が回って来て、カウンターから料理を受けとる。そのままの流れでレジで会計をしているうちにタイミングを逃してしまって、結局僕は沙織に何も返事をすることができなかった。

料理を手に僕らは、乾と陽子の待つテーブル席へ戻った。陽子はきっちり脚を揃え、姿勢よく座っている。手に本を持っていないということは、乾と話をしていたのだろうか。

「腹減ったわ〜、おお、これこれ。やっぱり高知に来たからにはカツオのたたきを食わんとな」

乾は分厚くカットされたカツオにニンニクチップを絡め、ひとくちでかぶりつく。うまい、と膝を叩き、どんぶりのご飯を口にかきこんだ。

正面に座る陽子に笑顔はなく、淡々とカツオを口に運んでいく。

「ふたりは何の話してたの？」

僕が知りたかったことを、沙織が切り込んでくれた。

「兼祐のことをな、監視するために来たんかって聞いたら、そうやって言っとったで」

沙織が目を見開く。陽子は眉ひとつ動かさない。

「いやいや。冗談だって。いっつもこんな感じで揶揄《からか》われてるんだよ」

陽子がちらりと僕を見て、またカツオのたたきに視線を落とした。

「先生はちょっと〝ずぼら〟なので。旅先でご迷惑をお掛けしないか心配で見張りに来ました」

陽子が口を開く。茶化すようなニュアンスはなかった。

「おいおい。女房でもそこまでせんで！」

乾が口にしたワードにぎくりとなる。陽子は顔を上げない。

「陽子ちゃん、しっかりしてそうだもんね。私も怒られないように気をつけなきゃ」

ぴんと背筋を伸ばす沙織。それを見て乾が、ぼーっと歩いとって迷子になったらいかんで、とおどける。僕はひたすら笑みを張り付けたまま。この席で飛び交う全ての冗談が笑えない。

乾はいち早く食べ終えて箸を置き、ふうと息を吐いた。

「このあとどうするんや？　まだ時間はあるで」

辺りを見渡すと、入口付近には生鮮食品から珍味、お弁当まで、選ぶのに困りそうなほどの出店が並んでいる。

「そうだ。お母さんのお土産一緒に選ぼうよ。僕たちちょっと行ってくるから」

もちろんそれは口実で、一度陽子と二人で話をしておきたかった。僕たちの旅行についてきた真意をまだちゃんと陽子から聞いていない。

陽子に目で合図を送る。僕の意図を察してくれるはずだと思った。しかし陽子はぷいっと僕から顔を逸らし、沙織の方へと向き直る。

「お姉ちゃん、一緒に選んでよ。先生はあんまりセンス良くないから……」

しょんぼりと肩を落とす僕とは対照的に、背中をしゃんと伸ばした沙織は、嬉しそうに口元を緩めた。

「そうだなあ。選んであげてもいいけど、ひとつ条件がある。私のこと、〝お姉ちゃん〟じゃなくて、〝さおちゃん〟と呼びなさい」

陽子の狙いは何なのだろう。彼女のことだから、何か意味があってやっているはずだ。しかもそれは、どうやら僕に知られてはまずいことのようである。

陽子の傍らに立った沙織は、優しい表情で手を差し伸べる。しかし陽子は手を借りることなく立ち上がった。

「またあとで」

ため息をつき、狭い通路を通って出店の方へと進むふたりの背中を見送っていると、乾が「まだ食い足りない」「デザートを賭けてじゃんけん」とうっとうしいことを言い始めたので、仕方なく付き合うことにした。

11

僕の午後からの予定は全てキャンセルとなった。

乾がデザートの食べすぎでお腹を壊したからである。

「あかん……またトイレ……」

ベッドの上でのたうち回ったかと思えば、急に立ち上がり、よろよろと重い足取りでトイレへと向かっていく。

せっかく四人で高知城の目の前まで来たものの、乾がお腹が痛いと騒ぎ出したので、仕方なく僕は看病のために残ることになり、沙織と陽子は二人で天守閣へと向かった。待っている間に乾が横になりたいとごねるので、先にホテルに戻ることにしたのだが、入室するや否や、トイレの住人と化した。

「尻と便器が一体化しそうや……」

扉の向こう側から苦しそうな声が聞こえる。

「お前は何をしに高知まで来たんだ？　便器を汚しに来たのか？」

「すまん……頼む……堪忍してくれ……」

「自分のお腹に言ってるのか、便器に言ってるのか、僕に言ってるのかはっきりしろ」

思わぬ形で、四人旅は別行動となってしまった。

つい五分ほど前には、階段多い……足が……というメールが沙織から送られてきていて、添付されていた画像には、城内の階段を上り切り一足先に待っている陽子の姿が映っていた。

いきなり二人きりで長時間行動だなんて、不安で落ち着かない。そしてまたあの疑問が浮かんでくる。

陽子はどうして旅についてくると言い出したのだろう。

陽子のお母さんに家庭教師の日程変更の許可をもらうときに、僕が旅行に行くことは話していた。陽子は乾と二人で行くものだと思っていたはずだ。だが、そこに沙織がいると知ると、陽子の顔色が変わった。

乾の言う通り陽子は〝監視〟しに来たのだろうか。やはり〝嫉妬〟と考えるのが普通かもしれないが、正直そうは思えない。陽子は僕に対してそんな感情はなくなってしまったのだろうと僕は思っていた。付き合っていた頃や結婚直後ならともかく、結婚して半年が経つ頃にはしばしば喧嘩をするようになり、ギスギスすることが増えていたからだ。

再び携帯が光り、メールの着信を告げる。

〝天守閣！　高い！　街がミニチュアみたいに小さくて感動。兼祐さんたちはどこかな??〟

驚いた。今度は二人できっちりと同じフレームに納まっており、陽子は笑顔こそないものの、しっかりとカメラに向かって目線を送っている。

二人の距離感は次第に縮まりつつあるのだろうか。僕は画像をまじまじと見つめた。

「そうだ。使い捨てカメラ。買ってあげればよかったな」

携帯にもカメラ機能はある。デジカメだってある。でも、陽子はいつも使い捨てカメラにこだわった。

週末に二人で出かけて撮った写真を、僕が学校の近くの写真屋で現像して持ち帰る。すると陽子は、嬉しそうにリビングのテーブルの上に写真を広げる。次第に喧嘩が増えていっても、この時間だけは楽しみにしていた。

「タイムカプセルを開けているみたい」

陽子はそんなことを言っていた。手に取れば驚くほど軽くてシンプルな作りのカメラに、思い出を閉じ込める。少し寝かせて、また蓋を開ける。二人の記憶として残っていた光景が、鮮やかに目の前に蘇る。それは儀式のようなもので、僕たちにはかけがえのない作業となっていた。

少しずつ溜めていった二人の思い出は、アルバム三冊を数えた。だが恐らく今はどこにもない。僕たち二人の〝記憶〟にのみ存在して、次第に廃れていくのだろう。

「よう。もう何も出えへん。腸内の閉店セール終了や」

乾がようやくトイレから出て来る。げっそりしていてもしょうもない冗談だけは言えるようだ。そのままばたりとベッドに倒れ込むと、耳を疑うことを言いだした。

「腹減った。何か食いに行かへんか？」

ホテルの中にはレストランがあったが、表でメニューを見ながら値段が高いと乾が文句を言っているのがウェイターに聞こえたらしく、じろりと睨まれる。

仕方なく外へ出ると、ひっそりと路地裏に佇む小さな居酒屋が目に入った。

「なあ。陽子と話したんだろう?」

乾は出された水をちびちびと飲んでいる。やや頬はやつれているが、だいぶ血色は良くなってきた。

「話したっちゅうても、俺の質問に〝はい〟か〝いいえ〟で答えるだけみたいな感じやったけどな」

「なんだそれ。会話が続かないじゃないか」

ちなみにどんな質問をしたのかと聞いてみると、乾は目をつぶって眉間を押さえながらひとつずつ記憶を掘り起こしていった。

「学校は楽しいか。はい。勉強は好きか。はい。暑くないか。はい。高知は初めてか。はい……」

「おいおい。〝はい〟ばっかり。嘘発見器にでもかけてたのか?」

「あほ。いくら家庭教師の先生がおるとはいえ、自分から大学生の男女グループに交じって旅行に行きたいなんて言うか?　よほどの理由があると見たんや。あんまり突っ込んで聞くとガードが堅そうやから、軽いジャブを手数よく当ててやな……」

「で、手ごたえはあったのか？」

乾の前にだし巻き卵とお茶漬けのセットが運ばれてきた。待ってましたとばかりにご飯の上に薬味やカツオのたたきを載せ、急須でだしをなみなみと注ぐと、美味しそうな香りを包んだ湯気が立ち上る。

「お前に言うたやろ。兼祐の監視に来たんかって冗談のつもりで訊いたら、ちょっと反応が遅れて、それでも〝はい〟って言いよったで」

それじゃあ誘導尋問みたいな気がする。陽子の本音なのかどうかは分からないだろう。

「もう一度訊いてみてくれよ。僕には答えてくれそうにないからさ。そういうの得意だろう？」

すると乾は急に真面目な顔になって、お茶漬けを食べる手を止めた。

「えらいあの子に関することになると必死になるな。やっぱりお前実はロリ……」

「違う！　妻……」

口から出かかって、慌てて急ブレーキをかけた。

「つま……？」

乾が首を傾げる。

「つ……つ……つま。刺身のツマ。食べる派？　食べない派？」

「はあ？　勿体ないから食べるに決まっとるやろ。まあ、冗談や。そんなに大事に思っとるんなら、むやみに詮索せんとそっとしといたらええやないか。生徒を思うならな。どーんと構えとくんや。そしたら向こうから自然と打ち明けてくれるはずやで」

散々自分が詮索しといて何を言っているのか。僕が心の中でぼやいていると、また携帯がポケットの中で震えた。

〝ふたりで晩ご飯食べてから、そっちに行きます。そういえば、乾くんの調子は大丈夫？〟

完全に乾のことは忘れていたようだ。

添付された画像には、陽子の姿があった。沙織にたくさん買ってもらったのか、紙袋を両手にいくつも提げながら微かに口角を上げている。

僕の注文した料理がようやく運ばれて来た。タレがたっぷりついた鶏皮の焼き鳥と、にら入りチーズ餃子。

「何や。笑ったら可愛い顔しとるやん」

画面を凝視している僕の横から乾が覗き込んできて言った。

「まあ、要するに陽子ちゃんはお前を沙織に取られたくないんやろうな」

思わず口に含んだ餃子を吹き出しそうになった。気管に入り込んで咳《せ》き込《こ》んでいると、そんなんお前だって薄々気づいとるやろ、と続ける。

「いやいや、絶対違うって」

僕は手を振って否定したが、乾は自信ありげに笑みを浮かべる。

「陽子ちゃんにとっては狙い通りというか、ええ結果になったたな。何しろ、半日も沙織をお前から引き離せたわけやから。俺に感謝せなあかん」

ひたすら便座に座って踏ん張っていただけの奴に、何を感謝しろというのか。

僕は再び携帯電話に映し出される陽子の姿に目を落とし、じっくり考えた。

もし乾の考えが正しくて、陽子が沙織に嫉妬しているというならば、僕から彼女を遠ざけようとするのは分かる。

しかし、自らがその嫉妬している人物と一緒に、それも二人きりで過ごそうと思うだろうか。もちろん乾の腹痛はたまたまで、陽子の意図したところではない。それでも陽子には、沙織と二人きりで過ごすことをためらう様子はなかった。

「いや、やっぱり違うと思う。あの子は感情に任せてあれこれ企《たくら》むタイプじゃないから」

乾はお茶漬けをすすりながら、興味深そうに言った。

「考えすぎちゃうか？　陽子ちゃんは子供やぞ。家庭教師という身近な大人に憧れたけど、沙織という女がついとった。ならば引き離したい。彼女と兼祐が仲良くしたり、一緒におるところは見たないって思うのは自然なことやないか」

こと恋愛に関しては、大人であってもしばしば感情には逆らえないものだろう。ところが、僕との一年間の結婚生活を経た〝二十二歳の陽子〟に関しては当てはまらない。そんな気がするのだ。

十年前に戻ってしまった直後だってそうだった。彼女は自分の置かれた状況をとにかく冷静に把握して、僕が動揺を隠しきれないと見るや、自分の葛藤や衝動は一度胸の中に押し込んだ。

陽子は自分を通すことよりも、相手のことを第一に考えて行動する。そのことは僕が誰よりも分かっている。

「ただ、何となくなんやけど、あの子……」

ふうとため息をつき、テーブルに片肘をついて僕の顔を見ながら心配そうに言った。

「不器用やな。伝え方が下手糞《へたくそ》や。子供ながらに考え方はしっかりしてそうやけど、誤解されがちなんやないか？　かといって自分のことを分かって欲しいとか、ああしたいこうしたいってはっきり言わんもんやから、周りのもんとの信頼関係もなかなか築けへん。ちょっとの間だけやけど、俺はあの子と話してそう感じたけどな」

僕は携帯電話を閉じるとポケットに仕舞って、焼き鳥に齧りついた。黙々と食べながら、高知城で見送った二人の背中を思い浮かべた。

「あの子を孤独にしたらあかんで。せっかく身近におるんやから、お前が力になったれよ」

乾が楊枝《ようじ》を歯に差しながら言う。こいつの言葉はときに真っすぐで、耳に痛い。

店の壁掛け時計は、午後七時を指していた。

僕の記憶の中にいる〝二十二歳の陽子〟が、あの津久多駅のホームで立ち尽くしながら、黙って僕の方を見ている気がした。

12

沙織から〝もうすぐホテルに戻る〟との連絡があったのは、それから一時間後だった。

居酒屋を出た僕らは、ホテルのロビーで彼女たちを出迎えた。まもなくやってきた二人は両手にお土産物らしき荷物を抱えており、僕らは彼女たちの部屋に運び込むのを手伝う。

「楽しかったよね、陽子ちゃん。ほら、お土産たくさん」

陽子はつんと顔を背ける。えー、あんなに仲良くしてくれたのにーと沙織がからかうように肩をつつくと、陽子は照れたように俯いた。

「写真見たで。お前も割とノリノリでピースしとったくせに。俺らとも仲良くせんかい」

財布を取り出した沙織は、プリクラも二人で撮ったんだよ～と言って、カラフルな文字やハートマークで装飾され、目がきらきらと不自然に輝いている写真を見せてくれた。陽子が笑っている。時を遡って以来、僕の前でも笑うことが減ってしまった陽子。ここまで自然な笑顔を、僕は久しぶりに見た。

「この子脇弱いんだよ。ほらー」

やめて、と必死にクールな表情を保とうとしているが、やはり口元がにやけている。あれほど大人に子供扱いされることを嫌がり、クラスメートに溶け込むのに苦労していたのに。

僕は悩む陽子に何もしてあげられなかったというのに、沙織はすっかり陽子の心の扉を開放させることに成功したようだ。

「どうせ沙織の方が面倒見てもらってたんやろ？」

乾がからかうように言う。

「そうそう。むしろ私の方が怒られてたんだよ。前見て歩いてってって手を引かれたり。顔に食べかすいっぱいついてるよとか、教えてくれたり」

相変わらず沙織は危なっかしかったようだ。これではどっちが大人で、どっちが子供か分からない。

「しかもね、陽子ちゃん凄《すご》く頭いいんだよ。大学生の私でも知らないことたくさん知ってるし」

沙織は尊敬の眼差《まなざ》しで陽子を見つめる。陽子は目を逸らしているが、まんざらでもないといった様子だ。

陽子は読書が好きで、暇さえあればいつもソファに腰掛けて本を読んでいた。ジャンルは小説、エッセイからノンフィクション、学術書まで幅広く、知識を積み重ねるように本棚を埋めていった。

荷物を沙織たちの部屋へと運び終えると、乾が両手で伸びをしながら言った。

「ほな、お子様もおることやし、寝るとするか。また明日な」

手を振る沙織たちを見送って、僕らは再び自分たちの部屋へと戻った。

「向こうに行きたいなら、今からでも交渉したるで」

乾がにやにやしながら僕の肩を叩く。

「遠慮しとくよ。むしろお前が勝手に行かないように見張っておくからな」

陽子が旅行に加わる前から、ホテルの部屋割りをどうするのかは議論があった。一度は三人で一部屋に泊まる方向で決まり、沙織もその点に関しては特に抵抗はなさそうだったのだが、結局僕が拒んだ。たとえ乾がいるとはいえ同じ部屋で女性と一緒に一晩を過ごすことはやはりできなかった。

結局沙織だけ別の部屋を取って、二部屋に分かれて泊まる方向で話はまとまった。後から参加することになった陽子も沙織と一緒の部屋にということになり、異論が出ることはなかった。

それでも僕はずっと心配していた。陽子は気まずくないのだろうか。むしろそっけない態度を崩そうとせず、沙織に不快な思いをさせてしまうかもしれない。

だが蓋を開けてみれば、帰ってきた二人は打ち解けたように言葉を交わしていた。僅か半日という短い時間で、あれほど頑なだった陽子の態度も柔らかくなり、沙織の言葉に笑顔すら浮かべていた。

もともと沙織の持っていた人柄がそうさせたのかもしれない。でもそれだけではなく、陽子が直面する状況に沙織という存在がぴったりと嵌ったのではないか。

沙織自身、大人ではあるがどこか子供のような無邪気さがある。あからさまに大人目線で陽子に接することがない。対する陽子も、肩肘張らずに接することのできる沙織のような存在を、ずっと求めていたのではないだろうか。そもそも陽子の心は二十二歳。〝今〟のふたりは、ある意味ほぼ同い年なのだ。

「なんか友達みたいになっとったな、あいつら」

風呂上がりに椅子に腰掛けてテレビを見ながら、乾が言った。乾も彼女たちに僕と似たような印象を抱いたようで、今朝からのふたりの関係の変化に喜んでいる。

「友達か。なんかお前が言ってたこと、分かるような気がする」

僕はベッドに背中から倒れ込んで、大の字になる。白い天井の壁紙を見つめ、陽子と沙織の姿を思い浮かべながら、かつて乾が言っていた言葉を繰り返した。

「〝一緒におりたいから、おる〟。友達っていう人間関係を説明するには、それ以上の言葉は必要ないんだなって」

家族のように血がつながっているわけでもない。先生と生徒のように、〝教える〟〝教わる〟という目的を通じて共にいるわけでもない。つくのも離れるのも自由だ。それなのに一緒にいるということは、互いに必要とし、認め合っているからということに他ならない。

喋りながらもうとうとしてきて、ときおり欠伸が出る。机の上の時計を見ると、もう夜の十一時を指していた。

「なあ。乾」

「なんや」

テレビから視線を逸らさず、僕の軽い呼びかけに軽い調子で応える。

「僕たちって、友達……でいいんだよな」

恥ずかしさはあったが、どうしても今言っておきたかった。

「当たり前やろ。お前は俺が今まで出会ったなかでも、特におもろい奴やで」

恥ずかし気もなくそんなことが言えるこいつが羨ましい。

「友達か……」

そうや、と改めて乾が答える。

僕はゆっくりと息を吸い込んで、気分を落ち着かせた。

「友達なら、僕が急に訳の分からないことを言い出しても受け入れてくれるか？」

なんやねん、と言って乾が体をこちらに向ける。バラエティ番組を流すテレビの音が部屋のあちこちに跳ね返って響いている。

「陽子は……僕の妻だ。今から十年後に僕らは結婚していたんだけど、急にふたりの意識だけが十年前の世界に戻ってしまったんだ」

思っていたよりもすらすらと口をついて出た。心臓が高鳴っている。夢と現実が入り混じったような気分で、僕は乾に打ち明けた。

沈黙が続いて、テレビから聞こえるお笑いタレントたちの笑い声が耳につく。

「受け取るのはかまへんけど……処理できへんで、それ」

いつもの軽いノリではなかった。

「いいんだ。覚えておいてくれ」

いつの間にか意識が薄れ、やがて途切れた。

……声が聞こえる。陽子だ。

僕は家にいて、テーブルに肘を突きながら妻の陽子と談笑している。

「この間久々にさおちゃんに会ってさ。すっかり太っちゃって……私もうおばちゃんだからってお腹を叩くんだよ。歳《とし》のせいにするなって言ったら、あなたもそのうち覚悟するんだね〜って」

沙織の話をしている。〝十年後〟の記憶だと、彼女は僕たちの日常には存在しないし、話題に上るはずもないのに。

「懐かしいな。ほら、乾の奴、この直後に転んで膝を擦り剝いたんだよ」

机の上には写真が広げられている。僕が指さしているのは、岩の上に乗ってふざけたポーズを取っている乾の写真だ。

「あっはは。この頃からそそっかしかったんだね」

乾の話だ。大人の陽子が奴のことを話しているなんて、やっぱりおかしい。

「そうだ。この写真どうする？　十年分も溜まっているから、ちょっとは整理してもよさそうだけど」

僕の言葉に、陽子は首を横に振る。聞くまでもないじゃん、持っていくよ、とやや尖った口調で答えた。

「分かった分かった。また置き場所を考えなきゃね」

周りを見渡せば、やけに部屋がすっきりしていて、傍らには段ボール箱が山積みされている。引っ越すのだろうか。だとしたら、どこへ？

「いよいよだね。今度こそ、ちゃんとするから。家のこともだし、仕事も当然……」

そう言いかけて、陽子が遮った。

「あんまり期待しないでおくから」

陽子は優しく微笑む。

その瞬間、僕たちの指が微かに煌めき、あっという間に大きな光に包まれていく。

押し寄せる緑色のおびただしい光の束が、僕を呑み込んで、意識を奪っていく。


目を開けた。

部屋はまだ薄暗く、カーテンの隙間から微かに朝日が滲んでいる。

ごうごうと唸《うな》るような音。うるさいなあと思ったら、隣のベッドで乾が寝ていた。

いつの間に寝てしまったのだろうか。確か乾とテレビを見ながら話していて……。

どこからが夢で、どこからが現実なのかの境目が曖昧だ。

携帯電話が光る。のろのろとベッドから手を伸ばし、画面を開く。沙織からのメールの着信だ。

〝おはよう。起きてるなら窓の外を見て！　朝日がきれい〟

そろりとカーテンを開く。あけぼの色に染まった空が、穏やかに一日の始まりを告げている。

明日だ。無自覚に訪れた明日が、今日へと変貌を遂げている。

次第に明るくなっていく世界。僕はだらしなく欠伸をして、昇っていく太陽をぼんやりと見つめていた。

13

海が見たい。

ホテルで朝食を取っていると、沙織がそんなことを言いだした。彼女曰《いわ》く、若者たちが旅に出たら海に行き、水平線の彼方《かなた》を見つめ、波の音を聞きながら語り合うのが青春らしい。

「それなら桂浜《かつらはま》やな。距離も近いし、すぐそばに水族館もあるからついでに行ってみようや」

乾も乗って来たので、予定は決まった。二月の寒いなか海なんて、という気持ちもあったが、わくわくした様子の沙織の顔を見ていると言い出せるわけがない。

「ねっ、陽子ちゃん。いい天気だし、楽しみだね」

ハムエッグをかじりながら陽子がうなずく。僕が道順を調べようと携帯を開くと同時に、「桂浜までどうやって行くかちょっと聞いてくるわ」と立ち上がった乾がフロントへ向かっていく。

その背中を思わずじっと見つめる。

昨夜思い切って打ち明けた僕と陽子の秘密。

もしかしたらあれは夢で、本当は僕は乾に何も話していないのではないか。グラスの底に残ったウーロン茶をだらだらとストローですすりながら、僕はぼんやりと考えていた。


桂浜公園の駐車場から階段を上がると、徐々に波のざわめきが聞こえてくる。

やがて視界が開けた先には、高さ十メートル以上はありそうな巨大な坂本龍馬像が、太平洋に向かって野心に満ちた姿で立っている。

松林の木漏れ日に目を細めながら、像に向かって歩を進める。視界に納まりきらないほどの大きさに圧倒され、みんな口々に感嘆の声を上げた。

沙織が「みんなで写真撮ろうよ」と叫びながら、像の台座の前で小さく飛び跳ねている。

誰がシャッターを切るのだろうか。ひとりだけ写らないのはかわいそうだから、二人ずつ交代で撮ろうと建設的なことを言い出したのは陽子だった。

僕と乾は龍馬と同じポーズを取り、沙織が笑いながらその光景を乾のデジカメに収める。間もなく小走りでこちらにやってきて、「はい。交代」と言って携帯電話を手渡して来た。

陽子は沙織に手招きされるままに龍馬の足元に立つと、後ろから沙織に抱きかかえられたまま笑顔を見せた。

砂浜へと続く階段を降りると、雲一つない透き通るような空と、真っ青な海が果てしなく広がる。太平洋が奏でる波の音が心地いい。

波打ち際では、沙織が陽子に向けて携帯電話を構え、可愛い可愛いと連呼しながら何度もシャッターを切っている。陽子は照れたように手で顔を隠すが、口元には白い歯が覗く。二人ともちっとも寒くなさそうだ。

ふと隣を見れば、乾が黙ったまま腕組みをし、じっと目を閉じていた。

「おい。大丈夫か」

声を掛けると、目を開き、悔しそうな表情を浮かべた。

「見てみい。この視界の果てまで広がる海に比べて、なんと俺の器の小さいことか」

何のことを言っているのか。尋ねる前に乾はこちらに顔を向け、静かに語った。

「俺はお前の言ったことを上手《うま》く受け入れられへん。いろんな感情が邪魔しとる」

もしやあれは夢ではないかと思い始めていた。しかし、今朝からどこか余所余所しい乾を見て、昨夜のことをずっと考えてくれていたのだろうかと申し訳ない気持ちになった。

「真剣に考えてくれてるんだな。でも今日は普通にしてくれ」

「真剣には考えとらへん。おもろない冗談やと思っとる」

苦々しい顔をして、すぐに顔を両手で覆った。

ふたりで並んだまま黙って、陽子と沙織が波打ち際でじゃれあっているのを見つめる。あたりには波の音だけが響いていた。

「証拠を見せろとか言わないのか？」

僕が尋ねると、乾は表情を曇らせた。

「そんなもんいらへん」

怒ったような声で、乾は続ける。

「俺は、お前に対する見方が変わろうとしている自分を嫌いになってきとるだけや」

僕が黙り込んでいると、沙織が僕たちを大声で呼んだ。水族館を指さして、早く行こうよと叫ぶ。

乾が先に歩き出し、僕はやや遅れて背中を追いかける。靴を優しく包み込む砂の感触。なかなか前へ進めないもどかしさが、僕の心をざわつかせた。

僕たちが向かった水族館は今までテレビで何度か紹介されていて、スタッフも動物たちとのふれあい方法も一風変わっているらしい。

アシカが園内をゆったりと散歩しているのを間近で見てテンションが上がる沙織。乾はその横で飼育員さんになにやらあれこれと質問している。

陽子が隣の水槽のペンギンを見たいと言って、僕の手を引っ張った。沙織と乾は目の前のことに気を取られて気づいていく様子はない。

陽子はすたすたと歩いていく。やや強引ともいえる行動に、僕は慌てて小走りで陽子の後を追いかけた。ようやく陽子と二人きりで話せそうだ。

「……どうしたんだよ、急に」

水槽の手すりに肘をついて寄りかかりながら、陽子はちらりと沙織の姿を確認し、話し始めた。

「私、もう会わないから」

「誰と？　え、僕と？」

「そう、兼くんと。家庭教師が終わったら、もう会わないことにした」

ペンギンたちが次々と水に飛び込んでいく。水しぶきがぱらぱらと辺りに降り注ぎ、小さな水たまりをいくつも作った。

「何でだよ。別にそうする必要はないだろう」

不満げに言った僕に、陽子はためらうことなく言葉を続けた。

「兼くんのためだよ。私という存在がそばにいる限り、兼くんは幸せになれない」

言っている意味が分からない。どうしてそんな急に突き放すようなことを言うのだろうか。

「それを決めるのは僕だ。僕たちが夫婦だったという事実は消えないんだし、この世界でまたやり直そうって思うことの何が悪いんだよ」

僕とまたやり直したら、陽子はかつての未来のように電車の事故に巻き込まれてしまうかもしれない――そう思っていたはずなのに、面と向かって陽子に「もう会わない」と言われたとたん、僕は現実を拒絶し始めていた。

「私が大人になるまで待とうなんて、思い上がりだよ。それが私のためだなんて思わないで。自分の人生なんだから、もっと大切にして欲しい」

そう言い捨てて去ろうとする陽子の腕を掴んで引き留めた。陽子はその手を振り払い、鋭く言い放った。

「兼くんは私の保護者じゃない。私も兼くんには構わないから、もう好きに生きてよ」

足早に去っていく陽子を、今度は捕まえることができなかった。

周囲を見回すと、沙織はまだアシカに夢中で、乾は係員に連れられてステージに上がっていた。ギャラリーたちの声援が飛ぶ中、見事にアシカの輪投げキャッチを成功させ、自慢げにガッツポーズを繰り出している。

僕はその場にへたり込む。今まで僕を操っていた糸が切れたみたいに、その場から動く気力が湧いて来なかった。

「どうしたんですか、こんなところに座り込んで」

振り返ると、いつのまにか沙織がいた。

「いや、ちょっと疲れちゃって」

誤魔化そうと試みるが、あきらかに様子のおかしい僕を沙織が放っておくはずがなかった。

「陽子ちゃんと話してましたけど、何かあったんですか？」

首を横に振る。ひどい顔だったのか、ますます沙織の表情が曇る。

「本当に大丈夫。ほら、立てるし。平気だから」

僕はふらふらと立ち上がって、両腕をぐるぐると回して見せた。沙織は心配そうに僕を見つめている。

「おかしいなあ。なんかみんな急に余所余所しくなったみたい」


午後からは日曜市を散策し、日が暮れる前に松山へと帰る予定だった。しかし、遅い昼食を食べ、いざ日曜市を見始めたところで乾の携帯が鳴った。乾は神妙な顔つきのまま五分ほど通話をしたあと、僕たちに告げた。

「すまん。親父《おやじ》が倒れた。お前らを松山まで送って、俺は大阪へ帰る」

すぐさま「いいからすぐに車で大阪へ向かって」と声を上げたのは陽子だ。乾は一瞬驚いた様子だったが、僕と沙織も同調すると素直に従い、結局僕たち三人は高知から電車で帰ることになった。

特急南風に乗り込んだ僕らは、途中で特急しおかぜに乗り換え、松山駅へと向かった。車窓から見える風景はだんだんと茜色《あかねいろ》に染まっていく。

陽子は静かに文庫本を読み、僕と沙織はどうでもいい話をずっと続けていた。窓の外に時折現れる珍しい建物のこととか、子供の頃の話とか、血液型トークとか……次第に話題もなくなり、沈黙の方が長くなる。僕は向かい合うボックス席の閉塞感と心地よい揺れにぼんやりとしてきて、しだいに眠りへと落ちていった。

カウンター式の狭い店内に、人がぎゅうぎゅう詰め。客は皆スーツやセミフォーマルなドレスに身を包んでおり、結婚式の二次会だと気がつく。

不思議なことに、初めからここは夢の中だと自覚していた。

みんなの視線がこちらに向いていて、僕は手に何かを握りしめている。すぐにそれがマイクだと分かった。

何を喋ればいいのだろう……ふと傍らを見る。純白のドレスに身を包んだ大人の陽子が、目を真っ赤にして僕を見上げていた。

そうだ。僕は陽子と結婚して……でも、そもそも僕たちは結婚式を挙げていなかったはずじゃ？

カウンターの奥の厨房《ちゅうぼう》で、黒いバンダナ姿の店員が感慨深そうにうなずいている。

よく見ると、それは乾だった。

この光景は未来……？　ぼんやりと考えていると、「がんばれー」と店のあちこちから声援が上がる。

静かで、あたたかい空気。みんなが僕を励ますような視線を向けている。

何か言わなければ。でも、言葉が出てこない。じれったくなって拳で胸を叩くと、はっと目が覚める。

目の前には文庫本を握りしめたまま窓際に寄りかかり、寝息を立てている十二歳の陽子がいた。

「あ、兼祐さん。やっと起きた」

陽子の隣で沙織が携帯電話をいじっている。特急列車はトンネルの中で、ごうごうという音を響かせていた。

「ここ……どこですか？」

「もうすぐ松山です。随分寝てましたね」

沙織は寝起きの僕の顔を見て、優しく目を細める。

「随分……リアルな夢を見てました」

どんな夢ですか？　と首を傾げながら、沙織は携帯電話を鞄の中に仕舞いこんだ。

「未来の夢です。願望の表れなのかな。何年か後の……人生の節目というか、そういう雰囲気でした」

沙織は窓に目をやると、僕に問いかけた。

「そこに私はいましたか」

僕は何も言わなかった。沈黙を避けるかのように、沙織は続けた。

「うん。じゃあ、こうしましょう。今からあなたに〝好き〟って言えば、そこに入れてもらえますか？」

思わず耳を疑った。心臓がしきりに鼓動を打っている。

「あの……もう言っちゃってますけど」

僕の言葉に、沙織はあれ？　といった感じで目をしばたたかせると、すぐに深呼吸をして僕に向き直った。

「では、改めて言います。好きです。もうこんな中途半端な感じじゃなくて、ずっとずっとずっと一緒にいたいです」

ずっとずっと一緒に？　彼氏と彼女になって、夫と妻になって、父と母になる。やがておじいちゃん、おばあちゃんになってもずっと。

「僕と一緒……で、いいんですか？」

沙織は深く頷く。迷いのない、真っすぐな目だ。

「人間はひとりじゃ生きられません。人生はどう生きるか、じゃなくて、誰と生きるか、だと思います。人一倍鈍臭い私を、兼祐さんは笑わないし、優しく手を差し伸べてくれました。いいに決まってるじゃないですか。私がそう望んでいるんですから」

もうすぐ電車が松山に到着する、というアナウンスが響く。

誰と生きるか……確かにそうだ。天真爛漫《てんしんらんまん》で人懐っこい沙織と過ごす時間は楽しくて、いつも笑顔になれる。彼女が望んでくれるのであれば、ずっとずっとそんなふうに生きていけるのかもしれない。でも……。

胸が痛くなって、下を向く。沙織の顔を見ることができないまま、僕は言った。

「卑怯者は僕の方です」

二人の間に沈黙が訪れる。ゆっくり顔を上げると、沙織が心配そうに僕を見つめている。

「本当はずっと待ち続けている人がいて……それなのに、その気持ちを隠して沙織さんと一緒に楽しく過ごして、笑い合ってたんです」

すやすやと寝息を立てている陽子。無垢《むく》で、トゲのない姿だ。

かつて夫婦として陽子と過ごしたときの思い出が、頭の中を駆け巡る。僕のことを甘やかさない陽子とは喧嘩が増えていって、ときには厳しいことも言われるようになった。でもそれは僕のことを大切にしてくれているからだと分かっていた。

ずっとずっと一緒にいたい。僕には陽子が必要だ。そう思っていたのに——。

〝もう会わない〟

陽子の言葉が胸の中でこだまする。

未来はひとつしか選べない。僕が手に取るべき未来は目の前にあるはずだ。

しかし、そのためには捨てなければいけない。さっきまで夢見ていた——陽子と再び一緒になる未来を。今度こそ陽子を幸せにして、笑い合いながら生きていきたいという願いも。

やっぱりダメだ。

全てを捨て去る覚悟など、僕にあるはずがなかった。

「ごめんなさい」

僕の言葉に、沙織は哀し気な表情を浮かべる。

「やっぱり、まだ僕は待ちたいんです。だから、今は沙織さんの気持ちに応えることはできません」

沙織は何も言わなかった。憂鬱な沈黙をまとったまま、時間だけが過ぎていく。

やがて電車が駅のホームに到着し、僕は優しく陽子の肩を揺すった。

14

六月に入ってすぐ梅雨入りが宣言されて三日、今日も窓の外は雨が降り続いている。じめっとした空気が漂う中、教壇に立った僕は緊張を隠せなかった。

「初めまして。今日から一か月ほど、二年一組で皆さんと一緒に過ごすことになりました、新田兼祐と申します。僕は近くの大学に通っているので山内《やまうち》中学校のことは知っていたんですけど、こういった縁で皆さんと一緒に過ごせることになり、とてもわくわくしています。今日からよろしくお願いします」

教室に拍手が沸き起こる。隣で担当教諭の水沼《みずぬま》先生が「新田先生に何か質問はありませんか?」と生徒たちに尋ねた。

いかにもお調子者、といった感じの坊主頭の男子の手が挙がる。

「彼女いますか!」

どっと笑いの波が起こるが、この手の質問が来ることはある程度想定済みである。

「今は大学四年生なので、教員資格試験の勉強とか忙しくて。本当は欲しいんですけど、先生になるという夢を叶えることに集中しています」

真面目そうに映るであろう僕が、教科書通りといった返答をしたからか、先程起こった波が、さーっと引いていく。

「好きな女性のタイプは？」

教室のどこかから声が上がり、笑いの波が戻って来る。

「そうですね……好きになった人が、タイプではないでしょうか」

教室のあちこちでひそひそと声が漏れる。まるで教師ではなく、男としての品定めを集団でされているようで落ち着かない。

「はいはい。そういうことばっかりじゃなくて。趣味とか、特技とか、色々あるでしょう」

空気を変えようと水沼先生が手を叩きながら生徒たちに促す。

「何で教師になろうと思ったんですか？」

今度は僕の目の前に座っている、眼鏡を掛けた真面目そうな女の子がぴんと手を挙げた。

この手の質問も想定済みだったはずだが、頭が真っ白になって何も言葉が出てこない。手に汗が滲む。僕は今でこそただの教育実習生という状況だが、実際は教員として六年半を過ごしている。教壇に立ち、話をすることに抵抗などあるはずがないのに。

「頑張れ」

頭の中がまとまらないまま、ただ立っている僕に、生徒たちの声が飛ぶ。深呼吸をし、軽く目をつぶる。浮かんできたのは、陽子の顔だった。

「僕は大学一年の頃に家庭教師のアルバイトをして、生徒だった小学生の子から学んだんです。勉強を教えたり、一緒に頑張ることの楽しさを。それから進路を考える時に色々悩んだんですが、やっぱりあのやりがいを感じるためには、教師になるしかないと思ったんです。その子がいなければ、僕はここにいなかったかもしれません」

さきほどの男の子が声を上げる。

「なんかしんみりしてるけど……その子って病気で死んじゃったんですか？」

「いやいや、生きていますよ！」

〝もう会わない〟

そう言われたのは、陽子が小学校六年生だった二月のこと。その言葉通り、家庭教師を終えて以来、二年以上、彼女とは会っていないし連絡も取っていない。

時を遡る直前――電車での事故が起こった日。陽子に「向いていない」と言われたのに、僕は再び教師への道を進もうとしている。

僕の気持ちは、沙織の告白を受け入れなかったときから変わっていない。もし全く違った道を進めば、陽子との未来が消えてしまうかもしれないと思った。僕がまたここに〝戻って来た〟のは、そういった未練とか後悔を引きずっているからでもある。

水沼先生が苦笑いを浮かべながら、僕の肩をぽんと叩く。

「さ、ここまでにしましょう。みんな、今日から一緒に頑張りましょうね」

朝のホームルームが終わると、学級担当の水沼先生の授業見学をしたり、施設を案内してもらったりと付き人のように過ごす。まだ二十八歳と若手で、指導教諭を担当するのは初めてと語っていた彼女だが、ややふっくらとした体形と優しい笑顔は親しみやすく落ち着いていて、生徒たちからも慕われているようだ。

昼休みに生徒たちと机を囲んで給食を食べたあとは、体育館に集まって全校集会だ。朝の職員室での挨拶と、ホームルームで担当クラスに向けてした先程の挨拶。今度は全校生徒に向けて、この日三度目の挨拶だ。

同期の実習生は僕を入れて四人。拍手が湧くなか壇上に並んだ僕たちは、順番に自己紹介と実習に向けての抱負を語っていく。

いくら経験を積んでも、大勢の前で話すのは緊張するものだ。しかも久々ということもあり、僕はたどたどしく挨拶を終えて壇上から降りた。

ほっと胸をなでおろした僕には、正直挨拶よりも気に掛かっていることがあった。生徒たちの列に目を凝らす。僕は目的の人物を見つけられず、生徒たちは教室へぞろぞろと歩き始めた。

実習生たちは互いの挨拶についての反省を口にしながら、皆安心したように微笑んでいる。彼らについて体育館から出ようとすると、背中に声が飛んできた。

「先生」

聞き慣れた、でも懐かしい声。振り返ると、陽子がいた。

背はぐんと伸びていた。かつて妻だった時とほぼ変わらない目線で、彼女は僕を見つめている。肩にかかるくらいまであった髪はショートカットになっていた。

「久しぶり」

もっと言いたいことはたくさんあるのに、僕は感極まってしまって、ぽつりとひとこと言うのが精いっぱいだった。

「向いてないって言ったのに」

心配半分、怒り半分といった表情で陽子が僕を問い詰める。

「分かってる。でもやっぱり違う道は選べなかったんだ」

僕が声を詰まらせながら言うと、陽子はくるりと背中を向け、出口へと向かっていく生徒たちを追いかけて走りはじめた。

彼女の背中を見つめながら、僕は思い出していた。

そういえば、〝かつて〟も再会した場所はこの体育館だった。家庭教師を終え、陽子の通う中学校に教育実習生として訪れた僕は、同じように全校集会後の体育館で彼女の姿を見つけた。

「子供は本心と真逆の行動をとることがある」

二十歳になった彼女は、その時のことをそう言って釈明していたが、あからさまに僕を避けるように逃げて行った姿を僕は忘れられない。

しかし今回は陽子の方から声を掛けてきた。拒絶こそしなかったものの、歓迎しているとも言い難い。これも「本心とは真逆の行動」なのだろうか。後ろ髪を引かれる思いで、僕は体育館を後にした。

「新田君のクラスどう？　可愛い子いた？」

五限目は授業見学がなく、実習室で授業準備をする。慣れ慣れしく話しかけてきたのは、同じ実習生の藪田《やぶた》だ。先週の事前打ち合わせで担当教員に髪の色が明るすぎると注意され、染め直して来たと言い張るがほとんど変わっておらず、先生たちにため息をつかれていた。しかも生徒たちの噂話《うわさばなし》も厳禁だときつく言われていたはずなのに。どうやらどうしても学生気分が抜けないらしい。

「それよりさ、学習指導案見せてよ」

彼のペースに惑わされないよう、毅然《きぜん》とした態度で切り返す。

「あ、やったよ。ほらほら真っ赤になっちゃった」

その言葉通り、先生による要修正の赤線やコメントでぎっしりだ。藪田は「直すのめんどくせー」と言いながら机に突っ伏す。

「新田君のも見せて。へー。あんまり修正ないし、けっこう褒められてるじゃん。もう完成?」

　六年以上実際に教壇に立ち、こうした指導案は数えきれないほど作ってきたのだから当然だ。しかし、それでも時を遡る前の僕とほぼ同じキャリアである水沼先生にいくつかダメ出しを食らってしまい、まだまだ教師として未熟だったんだなと凹んでいた。

「クラスの雰囲気とか、生徒ひとりひとりの様子を見てさ、もっとこうしたら分かりやすいんじゃないかってさらに指導案に修正を加えていくんだよ。終わりはないかな」

「へー。真面目」

　そうして彼は頬杖をついたままぱらぱらと資料のページを捲《めく》り始める。指導教科は国語らしく、課題に選んだのであろう小説の本が机に積み重ねられている。

「今朝職員室で教頭先生も言ってたじゃん。どれだけ綿密に準備した指導案でも、授業の直前に破り捨ててから行くくらいのつもりでいろって。結局ライブでしょ、授業なんつーのは。ノリでどうにか乗り切るしかないって」

　確かに言っていたが、準備なんかしていなくてもどうにか誤魔化せるという捉え方は間違っているような気がする。

「つーか俺もう、生徒に〝ゼウス〟ってあだ名付けられちゃった。めっちゃウケるんだけど」

　最近よくテレビで見かける肉体派お笑い芸人に似ているらしい。確かに体つきは割とがっちりしていて、国語というよりは体育教師のようだ。

「もうこんな時間じゃん。そろそろ行こうか。ケンちゃんも頑張ってね！」

僕と藪田が連れ立って廊下を歩いていると、生徒たちが明るく挨拶をしてきてくれる。特に女子生徒はすれ違いながら藪田の方を指さして笑っており、もうすでに心を摑んでいるようだ。

放課後はさっそく部活指導をする。水沼先生が顧問を務める陸上部は地区でも指折りの強豪で、特に駅伝を中心とした長距離は全国大会を狙えるほどだ。

「水沼先生も駅伝とかやってたんですか？」

水沼先生はにっこりと微笑むと、二の腕を出して筋肉を見せてくる。

「いいえ。私は砲丸投げ。高校時代はインターハイまで行きました」

もちろん長距離を担当するにあたって、トレーニング方法などは独自に研究をしたという。緩いペースのジョギングやスピードを鍛えるインターバル・トレーニングを織り交ぜ、独自に練習メニューを改良してきた。

柵で囲まれたテニスコートの周りは、一周二百五十メートルの陸上部の練習コースだ。部員たちが息を切らし、揃った掛け声を上げながら走り続けている。

「傍《はた》から見ると、集団で走っている生徒たちを腕組んで見てるだけだよね。でも、私はひとりひとりを見ています。いろんな子がいるよ。見てなきゃすぐに手を抜きたがる子もいれば、練習がない日は自分でメニューを考えて走ってる子もいる。それぞれに合った指導を考えて、全員と向き合っていかなきゃいけないの」

僕も以前の教師生活ではバレー部の顧問を務めていた。全く経験がないということもあり、無理に技術指導をするよりはと、生徒たちの自主性に任せ、メニューも自分たちで考えさせてやっていた。しかしその実情は生徒に丸投げと言った方が正しく、いつまでも部活を休み続けている子がいたり、キャプテンが周りから反発を食らって孤立したりと、部内で起こるトラブルにも対応できていなかった。

「ほら、マキちゃんあと二周だよ。顔上げて走って。涼子《りようこ》、後ろから背中押しながら走ってあげて！」

マネージャーらしき女の子が精一杯声を張り上げている。どうやら本調子ではない子がいるようで、集団から遅れかかっていたが、そこはチームワークでお互いをフォローしあっており、団結力も強そうだ。

ゴールすると同時に地面に崩れ落ちそうになる子たちを、水沼先生は「はいはい、歩いたらもっとしんどくなるよ」と励ます。

苦しそうな表情を浮かべる生徒たちの中にひとり、笑顔で仲間に声を掛けている子がいた。

「マキちゃん、お疲れ。最後まで走れたじゃん」

背中を押していた子だ。よく見ると、僕の自己紹介の時に目の前で手を挙げ、教師になった理由を聞いてくれた子だった。

僕がみんなに「よく頑張ったね」と声を掛けていると、彼女は「先生も一緒に走る？背中押してあげるから」と笑顔で言いながらクールダウンへと向かって行く。

思わず「しっかりした子ですね」と言うと、水沼先生は微笑みながら答えた。

「学級委員の渋谷さん？　真面目でよく頑張ってくれるから、私も助かってるよ」

渋谷――？　忘れたくても忘れられない名前が思いがけず耳に飛び込んできて、動悸《どうき》が速くなった。

数々の問題を起こし、僕の教師としての自信を喪失させ、あの日陽子と僕が列車事故に巻き込まれる原因となった生徒と同じ名前だ。

もしや。いや、――まさかな。

雑念を振り払おうと、今度はラスト一周の直線で追い込みに掛かっている男子生徒たちのグループに向かって声を上げた。

「教育実習初日お疲れさま。懐かしい～。私も初めて保育実習に行ったときはパニックになって指導教官に迷惑かけたなあ」

部活指導も終わり、担当教諭のフィードバック（振り返り）でダメ出しをもらい、へとへとになって帰宅すると、すぐに電話が鳴った。沙織だった。

「しっかり準備してくるのはいいんだけど、もっと授業以外の面にも気を配ったり目を向けましょうって担当教員に言われたよ」

僕が弱々しく話すと、受話器の向こうで沙織が笑いながら、私もよくそれ言われたなー、もっと気を配らなきゃいけないって、とぼやいた。

僕たちはこうして電話をするだけでなく、月に一、二度は食事をしたり、遊びに行ったりしている。大学のゼミ仲間ともそれなりに仲良くなったのだが、最近は休みの日に会ったりするのは沙織だけだ。

本当はこうして沙織と仲良くするべきではないのは分かっている。僕はあの高知旅行の最後、沙織の告白を受け入れなかった。陽子との未来を諦めることができなかったからだ。

それでも、彼女はあの高知旅行の後も変わらず僕に接してくれた。本人曰く苦難とピンチの連続だった保育士試験に〝奇跡的〟（本人とその友人談）に合格し、地元の保育園に就職が決まってからも、沙織は〝友人〟として僕に連絡をくれ、食事に誘ってくれた。

沙織は頑張り屋だ。おっちょこちょいで天然な彼女が、いろんな人に怒られながらも諦めず、保育士になる夢を叶える姿を、僕はリアルタイムで見続けていた。

彼女の姿を見ていると、自分がどれだけ弱くて情けなかったかを実感するとともに、思いを強く持てば、彼女のように自分自身の壁を乗り越えられるのではないかと前向きになれた。事実彼女は園児たちの間でとても人気があるし、先生たちの評判も上々らしい。

僕は何をしているんだろう。

乾の決断と、沙織が見せてくれた背中は、確実に僕に力をくれた。それからは熱意を持って大学で教職課程を履修し、ゼミの課題に取り組み、教育実習に向けて準備をしてきたつもりだ。

だが、どうしても心に引っかかるものがあった。抜けそうで抜けないトゲのように。

教育実習五日目。水沼先生に「授業実習をしましょう」と言われ、三時限目の地理の授業を受け持つことになった。

昨晩、僕は過去に遡る以前の〝初めての〟授業実習を思い出していた。

学習指導案ができず、当時の指導教諭に遅くまで見てもらっていた。結局当日の朝も準備に追われ、独自の教材作成などには手が回らなかった。実際の授業でも、声が小さい、板書が読みにくい上に速すぎて書ききれないとの指摘が生徒から出て、挙句の果てに早く終わりすぎて最後の五分がまるまる余ってしまい、真っ白になって立ち尽くしてしまった。

だが僕はあのときとは違う。教師生活六年半で、毎週二十四コマ、累計で六千回は授業をこなしてきた。学習指導案を事前に確認してもらい、ＯＫも貰っている。板書を減らすための教具の準備もばっちり。何も恐れることはない。

教室のドアを開け、教壇に立つと、懐かしい景色が広がっていた。二十九歳から十九歳に戻ってもうすぐ三年。ここに戻ってくるまで、いくつもの迷いを振り切り、眠れない夜を乗り越えてきた。やっぱりここは僕のフィールドだ。

生徒たちの目線が、僕に集中する。ここまでは〝いつも通り〟だが、教室の後ろには指導教員の水沼先生や、藪田たち同期の実習生がずらりと目を光らせる。これがプレッシャーになり、緊張で声が上ずった。

「今日はみんなが住んでいる日本についての授業をします」

僕は県名の書かれていない日本地図を黒板に張り出し、生徒たちに問いかけた。

「この地図をみんなで埋めていきましょう。分かる県がある人は手を挙げて！」

教室がしんと静まり返る。僕は焦った。同じような形式にして授業を盛り上げた経験があるのだが、このクラスの反応は鈍い。

「はい」

沈黙を破ったのは、学級委員の渋谷さんだった。颯爽《さっそう》と黒板まで歩み寄り、「何個でもいいですか？」と僕に確認する。「三つまでにして」と僕が返すと、マジックで岡山、熊本、新潟をさっと埋め、生徒や先生たちの拍手を浴びながら席に戻った。

これがきっかけとなり、授業は概《おおむ》ね盛り上がった。続けざまに用意した〝人口の多い県ランキング〟や、〝距離の長い川ランキング〟の穴埋めもよく手が挙がり、生徒たちの笑顔も見えた。最後は時間通り授業を締めくくることができた。

「お疲れ様。次の枠はフィードバックの時間にしましょう。同期の学生さんたちからも正直な感想を聞いておいてね」

水沼先生にそう告げられ、僕たちは職員室へと向かった。やりきったという充実感や達成感が体中に溢れていて、久々に授業をすることの喜びも感じていた。

僕は正直自信があった。だが、職員室での反応は予想外のものだった。

「授業はスムーズだし、手馴《てな》れてるって感じなんだけど……なんか、一部の生徒に媚びてるって思っちゃった。ごめん」

厳しい指摘をお願いすると、同期の藪田は包み隠さず真剣に感想を述べた。他の実習生たちからも似たような感想が出た。もっとも辛辣だったのは、水沼先生のフィードバックだった。

「教材を使って分かりやすく授業しようとしているし、板書の仕方も上手。教材研究もしっかりしていて、とても学生の授業とは思えない。ただ残念なのは、生徒に話を振ったり、参加型の時間を設けたりしているけど、全員に目が行き届いていないこと。うまく参加できていない子や、興味を失っている子がいてもお構いなし。これを積み重ねたら、習熟度に差が出るし、生徒たちからの信頼も得られません」

六年半のキャリアで積み重ねたのは経験ではなく、これでいいという自己満足や慢心だったのだろうか。ショックが抜けきらない僕に、ホームルーム後、学級委員の渋谷さんが声を掛けてきた。

「授業、楽しかったですよ。ありがとうございました」

「こちらこそ。お陰で助かったよ」

そう礼を述べると、渋谷さんははにかむような笑顔を見せる。僕の脳裏に、職員室での藪田の声が反響した。

一部の生徒に媚びている。身に覚えがある言葉だった。

人当たりが良く、積極的な子にはこうして話しかけられたり仲良くなれたりするのだが、反抗的で輪を乱すようなタイプの子には対応できず、クラス内で明暗がくっきり分かれてしまう。媚びを売る。的確な言葉だ。生徒に嫌われないように、反発されないように振舞い続け、教師としてすべての生徒を平等に正しく導くことを放棄している。かつても先輩教諭にたびたび指摘されてきたが、一向に改善することができなかった。

「悪いところはあった？」

思わず渋谷さんに尋ねていた。彼女はうーんと首を傾げると、おずおずと答えた。

「もうちょっと自信もってみんなに言ったりすればいいんじゃないでしょうか。授業は面白かったから、そこが勿体ないかなって思います」

自信。六年以上の教師生活で、知識も経験も備わっているはずの僕に欠けているのはそこなのだという忌憚《きたん》のない意見に、がっくりと肩を落とした。

「他に何か聞きたいことありますか？」

そう訊いてくれる真面目な顔を見ながら、僕は初めて彼女の〝名字〟を聞いたときのことを思い出していた。

渋谷。以前の教師生活で僕が手を焼いた教え子も、同じ名字だ。ものすごく珍しいわけではないけれど、それほどよくある名字でもない。あの気難しい〝渋谷勇樹〟と明るくて活発な〝渋谷さん〟は性格が正反対で、まったく似ていないが、かつて教鞭を執っていた高校は距離が近く、〝姉〟が山内中学校に通っていてもおかしくはない。

はっきりさせたい。僕は意を決して、彼女に聞いてみることにした。

「渋谷さんって、すごく面倒見がいいし、しっかりしてるよね。弟さんとか妹さんがいるのかな？」

「……はい」

戸惑いながら、渋谷さんはぽつりと答える。

「やっぱりそうなんだ。弟さん？　妹さん？　何てお名前なの？」

表情を曇らせた彼女が次に口を開いた瞬間、予感は確信へと変わった。

「弟で、勇樹って名前です。私とは歳が三つ離れていて、今年で十一歳になります」

15

渋谷勇樹は、僕の教え子だった。

時を遡る前の、最後の春。僕は二十九歳の高校教師で、彼は担任を受け持つ三年二組の生徒だった。

彼の最初の印象は、進学してすぐの模擬テストで優秀だったという点だ。ところが結果を返す時に、他の生徒が点数を目の当たりにして悲喜こもごもなのに対し、彼は興味がなさそうに机の中に仕舞いこんでいた。

春の模試の結果だから一喜一憂するようなことではないのかな、と最初は深く気に留めなかったが、その後の中間テストで学年トップに近い成績を取っても、彼の無感情な態度に変化はなく、彼の問題も徐々に浮かび上がってきていた。

「先生。渋谷君ぜんぜん協力してくれないんですけど」

新しいクラスになって一か月後。渋谷の隣の席の女子生徒が、僕に不満を漏らした。

直前の授業は時代ごとの政治の在り方をまとめるという日本史のグループワーク。班ごとにそれぞれ相談しながらまとめていったのだが、そこで渋谷が全く課題に参加してくれず、手伝って欲しいと言っても無視されたのだという。

彼らよりも課題に苦しんでいる班があり、そこばかりを見ていた僕は、そうした出来事があったことに気がつかなかった。

「注意してください」という彼女の意見を聞き入れ、僕はすぐさま渋谷の席へ向かった。

「渋谷、ちょっといい？　さっきのグループワークなんだけど」

本を読んでいる渋谷は、露骨に迷惑そうな表情を浮かべる。返事もしない。

「同じ班の子たちが困ってる。ちゃんと協力しなきゃだめだぞ。分かったか」

彼は頷いた。それ以外は反応らしい反応を見せず、再び本に目を落とす。静かにため息をついた僕は、言うべきことは言ったと思い、その場を離れた。

極端に周囲と協調しない彼の姿勢は、その後もあちこちで衝突を起こした。体育祭のリレーでも真面目に走ろうとしないし、掃除当番や日直の仕事もすっぽかして帰る。燻《くすぶ》っていた火種は次第に燃え広がり始め、〝担任なのに彼に対してきちんと指導をしようとしなかった〟とみなされた僕にも燃え移ってきた。

僕を見る生徒たちの目は次第に変わり始め、授業に協力してくれたり素直に言うことを聞いてくれたりする生徒は減り、逆に反発する生徒がだんだんと増えていった。

発端となった当の渋谷自身も、僕が個別に指導を重ねれば重ねる程、より反発を強めていった。こんなに真摯に話をしているのに、何か困ったことがあれば言ってくれと伝えているのに、どうして彼は応じてくれないのだろうか。強く言えば逆上して何をしでかすか分からない危うさもあるし、もはやどうしたらいいか分からなかった。

もちろん彼ばかりに構っているわけにはいかない。次第に僕は彼の存在を脇に置き、関わりを避けることでクラスを円滑に進めようとするようになった。

家に帰れば、新婚の妻である陽子に渋谷の愚痴を事あるごとにこぼす日々。教室で信頼を失いつつある僕が弱音を吐き出す先は、もはや彼女しかいなかった。最初は黙って耳を傾け、親身になって相談に乗ってくれていた陽子も、問題が長引くにつれ原因の一端は僕にもあると考えるようになったのか、もっとああするべき、こうするべきと口を挟むようになった。喧嘩も増えるようになり、もはや僕の味方は誰もいない、居場所も無い、そう思うようにすらなっていった。

事件が起きたのは、夏休みが明けて三週間ほどが経った頃だった。放課後の部活指導を終え、辺りが暗くなるなか、翌日の授業準備をしていると、職員室の電話が鳴った。

僕のクラスの生徒が周辺の建物から駅の屋根に上り、建造物侵入罪で警察に補導されたという知らせだった。一部の札付きの悪ガキは何度かこうした悪さをして、僕もたびたび対応していた。慌てて警察署へと向かい、教え子の悪ふざけを詫びるために何度も何度も頭を下げた。意外なことに、悪ガキたちの中に交じり、渋谷の姿があった。駅にいた一部の生徒の証言では、渋谷は悪ガキたちに無理やり屋根に上らされたらしいのだが、本人たちは「ただふざけていただけ」「いじめではない」と口を揃えた。やがて彼らの親たちが次々と迎えにやってきたものの、僕に対する不満は保護者にも伝わっているらしく、我が子の悪さを棚に上げ、ここぞとばかりに僕に集中砲火を浴びせた。渋谷の保護者は待てど暮らせど現れず、仕方なく僕が車で家へと送り届けた。「いじめに遭っているのか。正直に言ってみろ」そう問いかけても、彼は覇気の無い目をしたまま、答えることはなかった。

それから一週間後。澄み切った空気が秋の訪れを感じさせる、よく晴れた日だった。五時限目は、担任を受け持つ三年二組の日本史の授業だった。渋谷勇樹は一番窓際の柱の陰になっている席で、僕が授業を始めた瞬間から本を開き、堂々と読み始めた。

前からプリントを回すと、彼のところで反応が遅れ、周囲の席の子が苛立つのが伝わってきた。授業は生徒を順番に指名する方式で進み、半ばを過ぎたころに渋谷の番がやってきた。

「次、渋谷。教科書の六十七ページ、問一の答えは？」

渋谷は日本史の教科書を持っていなかった。解答などできるはずもなく、周囲に頼るような素振りも見せない。完全に自分の世界に籠り、本を読むのをやめなかった。

「渋谷。今は授業中だぞ。本を読むのはやめなさい」

何度目かの僕の忠告にも耳を貸さず、授業は完全に中断した。諦めた僕は、「もういい。次……」と渋谷の行為を半ば黙認してしまった。

この対応に、生徒たちの不満がついに爆発した。

「おい。あいつの本取り上げろよ。おかしいだろ」

クラスのリーダー的存在である野球部の男子が、立ち上がって渋谷を指さす。すると彼の取り巻きたちも立ち上がって、「そうだそうだ。どうしてあいつだけ本を読んでいいんだよ」と声を揃え、女子生徒たちも口々に不公平だと声を上げ始めた。

バラバラだった声はやがて大きな「帰れ」コールになった。

「静かに。いいから席に座って！」

僕がいくら叫んでも、生徒たちを制御するのはもはや不可能に近かった。僕は雰囲気に呑まれ、パニックになっていた。生徒たちを収めることを放棄し、本を読み続ける渋谷の机の前に立った。

「そうだ。そいつの本を取り上げろよ。破り捨てろ！」

周りの生徒に乗せられたわけではないが、僕は渋谷に向かって「本を仕舞え」と繰り返していた。それでも眉一つ動かさず、渋谷は無視をして本を読み続けた。

その瞬間、僕のなかで何かが弾け、気がつけば彼の手から本を無理やり取り上げていた。

目の前の渋谷の顔は怒りに満ち、固く握りしめた拳が震え始める。

彼は立ち上がると僕の襟を掴み、僕の顔を思い切り殴った。

「弟を助けて欲しい」

何か困っているのではないかという僕の問いに、姉である渋谷涼子は戸惑いながらも打ち明けてくれた。

「小さい頃は甘えん坊で、お姉ちゃんお姉ちゃんっていつも後をついてきてたんです」

物静かだが、外で走り回って遊ぶ時もある。可愛い弟だと思い大事にしてきたと彼女は言う。

「お父さんは毎日遅くまで仕事だったけど、それでも日曜日は近くの公園とか、ショッピングモールに連れて行ってくれて。昼間にパートに出ているお母さんの帰りが遅くなるときは、私が代わりに買い物してご飯の支度を手伝ったり勇樹の面倒見たり。母はすごく穏やかなんだけど、私には結構口うるさくて。半面、勇樹にはあんまり怒らないし、甘いなあっていつも思っていました」

こうした渋谷の家庭環境は当時聞いていた。高校で渋谷の担任を務めていた時に、保護者である母親に渋谷の学校での様子を報告したり、家庭での様子を聞いたりしていたからだ。その際に姉がいることは聞いていたが、まさかこうして面と向かって話をするときが来るとは思わなかった。

弟に異変が起こったのは、去年の夏頃だと彼女は言う。

「夏休みが終わって、さあ始業式って朝に、勇樹がぐずって学校に行こうとしないんです。母と二人で説得しても、学校嫌い、怖い、の一点張り」

結局その日から数日間学校を休ませ、保健室登校を経て学校に復帰した。しかし同じことが何度も繰り返されて、とうとう登校拒否になり、家族と話すことすらなくなってしまった。

「もともと友達を作ったり、知らない人と話すのは苦手だったんですけど、普段は物静かだから突然癇癪《かんしゃく》起こすようになってびっくりして。何か学校で嫌なことがあって、積み重なっていたのかなって……。勇樹は私には話してくれないから、原因は結局分からずじまいなんです」

僕は彼女の話を聞きながら、自分が責められている思いがした。僕が担任だった三年二組の教室。十歳の渋谷が経験したのは、似たような状況だったのではないか。

彼女が助けを求めている相手は、教室での渋谷の行動を黙認し、問題を起こさせ、自殺へと追い込んだどうしようもない男だ。

「勇樹は心を開いてくれないし……心配でどうしようもなくて」

あの日教室で渋谷に殴られたあと、家に帰って陽子と夕食を食べていると、突然涙が止まらなくなった。それは渋谷と同じように、溜まりに溜まった感情が爆発したのかもしれない。あれは何の涙だったのだろう。たぶん、自分の弱さを思い知った涙だ。ひとしきり泣いた後も、僕は弱いままだった。人間そう簡単に変われはしない。

それでも弱さを知ったからこそ、今の僕には分かる気がする。今自分に何ができるのか。何をすべきなのか。

僕は涼子の眼を見た。もう逃げるわけにはいかない。

「弟は……勇樹君は、いつも家にいるの？」

涼子は小さく首を横に振った。

「だいたいいつも、古書店で本を読んでるらしいです」

この町で唯一と言っていい商店街。しかしここ最近は、隣町にできた大型ショッピングモールに客を奪われ、土曜日だというのに人はまばらだった。裏通りは学校指定の下校ルートになっている。ほとんど錆びついたシャッターが閉まっていて、看板の文字も古ぼけている。町おこしとして商店街が整備された四十年前はここも毎日人で賑わっていたらしいが、とうの昔に役目を終え、時代に取り残されてしまっている。そのうちの一軒が、この古書店だ。ガラス戸の向こう側に整然と本が立ち並ぶ軒先に置かれたボロボロの自転車と、ごうごうと唸るエアコンの室外機。立てつけの悪い引き戸をよいしょとこじ開けて、僕は店内を覗き込んだ。

古い本のにおいがする。所狭しと並べられた大量の本に圧倒されながら、背表紙を目で追いかけつつ、人ひとり通るのがやっとの狭い通路を歩く。

レジには誰もいない。飲みかけのコーヒーと、その傍らに積まれた本。めったに客も来なさそうだし、昼時だから奥で食事でもとっているのだろう。

先へ進むと、通路をぐるりと回った奥の角、高い所の本を取るために設置されたであろう小さな木製の踏み台に腰掛け、本に目を通す少年の姿が目に入った。

ストライプのTシャツに、ハーフパンツ。その背筋にぴんときた。本に視線を落とすために、丸まった背中。やや長めの首。そうか、こうして毎日過ごしていたからこの姿勢が癖になったのかもしれない。

渋谷勇樹。十三年の時を経て、僕は再び彼と出会った。津久多駅で飛び降りた彼を助けて以来だ。

集中して本を読む彼は、近づく僕に気づく様子がない。

話がしたい。でも何て声を掛けよう。いきなり知らない人に声を掛けられてもついて行ったり相手にしてはいけないと教わっているだろうし、僕もそう教えるだろう。悩んで立ち止まっていると、ふと少年がこちらを見た。一瞬だけ目が合う。

僕の視線を感じていたのか、本を置き、そそくさと店から出て行ってしまった。誰もいなくなった店内で僕は、まずいなあと頭を掻く。警戒させてしまったかもしれない。お姉ちゃんのクラスの先生なんだとか、色々と話しかける方法があっただろうに……。

足取り重く自宅に戻ると、夜遅くに電話が鳴った。

「よう。今日も辛気臭い声やな。何かあったんか？」

久しぶりに聞く乾の声だった。しばらく会っていないが、メールのやりとりは続いている。

二年前。僕が大学二年生の時に、乾は大学を辞めた。

高知旅行の途中で大阪へと戻った乾は、一週間ほど大学を休んで戻って来た。店主である親父さんが脳梗塞になったらしく、今後リハビリに入るが体の自由が戻るかどうかは分からない、と語った。その後半年ほどは今まで通り二人で放課後に街に繰り出したりしていたのだが、二年生の夏休みはまるまる実家に帰って飲み屋を手伝うと言って大阪へ戻った。

「俺、実家を継ぐことにしたわ。もう大学には行かへん」

電話でそう僕に告げたのが夏休みの終わり。そのまま大学に復帰することなく、乾は愛媛を去った。

せっかく受験勉強を乗り越えて大学に入ったんだから、ちゃんと卒業しなさいと親御さんに諭されたらしいが、学費も掛かるし、就職せんのなら卒業まで通う必要あらへん、と決意は固かった。夏休みに実家に戻り、店主のいないお店の状況を目の当たりにしたのだろう。きっと並々ならぬ決断だったに違いない。

渋谷とどう向き合うべきなのか。悩んでいた僕は、迷わず乾に相談した。

「どうしても助けたい子がいるんだ」

神妙に切り出す。電話の向こうで、乾は普段と変わらない調子で答えた。

「なんや、教え子か？」

ああ、と小さく呟く。どんな子かはあえて言わなかった。だが乾は、どうせお前のことだからと前置きして、はっきりとした口調で言った。

「何とかしてやりたいとか思っとるんやろうけど、そんな気持ちは重いで。結局どうにかするのはその子自身の気持ちや。大人ができることは、その子の話を聞いてやることだけや。お前のことを知っている、理解しとる人間がここにおるってな。それだけでも人間前に進もうって気持ちになれる。俺が飲み屋を継いで一番学んだことはそれやな」

僕はかつての津久多駅での光景を思い出していた。必死に渋谷に電話で説得を試みようとしながら、僕は彼がどうして死のうとしているのか、どんな気持ちなのか、分かってあげようとしていなかった。ただそんな馬鹿な真似はよせと、最悪の事態を防ごうと走り回っていたに過ぎなかったのではないか。

「確かに、お前もただ見守っていてくれたよな」

記憶を取り戻して大学の図書館を飛び出した時もそうだった。茶々を入れてきたりはしたが、核心に触れる部分にはずかずかと踏み込んで来ようとはせず、見守ってくれていた。

「あんときは、お前を放っておいたらあかんって直感があってな。今のお前と同じや。お前が抱えとるもんを、分かってやりたかった。世話がやける奴やけど、ついて行ったことは後悔してないで。こうして腹を割って話せる大事な親友ができたからな」

相変わらず臭いことを言う。でも僕は背中を押された気がした。

乾との電話は深夜に及んだ。

「陽子ちゃんとはどうなんや。仲直りはできたんか？」

教育実習で久々に再会したことを告げると、乾も「そうか」と安心したように言った。

「もう会わない」という陽子の宣告から二年以上。一度、彼女と疎遠になっていることを乾に告げた時は、「沙織に気を遣ったんやないか」と真剣に言ったが、僕にはそうとは思えなかった。

「その子のこともええけど、陽子ちゃんのこともしっかり見てあげるんやで」

乾の言葉が胸に染み入る。時間は限られているが、そのなかでできる限りのことをやらなければと自分に言い聞かせながら、刻々と夜は更けていった。

16

教育実習は二週目に入った。

水沼先生の授業は勉強になることばかりだ。

冗談で生徒を笑わせたり、授業の形式にこれといったこだわりを感じさせるわけではないのだが、生徒たちは彼女の話に素直に耳を傾け、何より質問の時間によく手が挙がる。

なぜだろうと思い、注意深く生徒とのやりとりを観察していると、ある点に気がついた。

生徒の話を聞くのがうまい。どんな内容であれ笑顔でしっかり頷きながら耳を傾けるし、自分の考えを押し付けることもしない。生徒たちは「見てもらえている」「受け入れられている」という安心感に背中を押され、伸び伸びと授業に参加しているように見えた。

「確かにまず話を聞くことが大事。でもね、生徒が的外れなことを言っていたら、はっきりと間違っているって言ってあげなきゃ。嫌われるのが嫌と思うかもしれないけど、生徒のためを思うならそれくらいの覚悟を持たないと。自分が可愛いと思っているうちは駄目」

授業実習後のフィードバックも一切の妥協がない。生徒に上から目線でものを言っている。気を抜く瞬間がはっきり分かる。授業にメリハリがない。以前体験した教育実習でもここまでは言われなかった。自分自身、二度目の教育実習を侮っていたとしか思えない。最後に書く実習日誌は毎日反省点で溢れた。

「ケンちゃん、どう？　順調？」

授業準備の時間、職員室で藪田が肩を叩きながら声を掛けてくる。

「どうにもこうにも、毎日勉強だよ」

相変わらず真面目〜と藪田は背もたれに寄りかかり、大きく伸びをする。藪田はどうなの？　と水を向けると、国語の実習なのに板書で漢字思いっきり間違えて生徒に笑われちゃった、と笑い飛ばした。

「学生気分を抜けって毎日うるさいしな。しょうがないじゃん、だって学生だし」

「だけど、生徒にとっては学生じゃなくて先生だよ。大切な授業時間をもらってるんだから」

藪田はそうだねーと気のない返事をすると、クリアファイルを取り出して授業準備を始めた。レジュメの端には、うっかり零してしまったのかコーヒーの跡が付いている。

「あーあ。教師になったら毎日可愛い女子生徒たちに囲まれてウハウハだと思ってたのに。こんなにうるさく言われるだなんてなあ。まあ、生徒たちはノリいいし楽しいけど」

「能天気だな。頼むから捕まるなよ」

そうやって冗談を飛ばしあっていると、昼休みを告げるチャイムが鳴った。

「球技大会の練習、ケンちゃんも参加するよね？」

僕が頷くと、藪田は親指を突き立てながら「そうこなくちゃ」と返し、颯爽と職員室から出て行った。

給食指導を経て、午後からはグラウンドへ。男子はサッカー、女子はバレーボールをすることになり、その準備のため、昼休みのうちに用具室から白線を引く器具やボール、ネットなどを運び出していた。

最後にビブスを探すが、暗くてなかなか見つからない。辺りを手探りでごそごそと探していると、急に用具室がぱっと明るくなり、顔を上げた。そこには、ビブスの入った籠を持った陽子が立っていた。

「相変わらず……真面目みたいだね。そんなんじゃ生徒と打ち解けられないよ」

僕はびっくりして、状況を把握できないまま思わず答えた。

「何でここに？」

「今から練習だから。バレーボール」

てっきり僕を探してわざわざ声を掛けてくれたのかと思ったけれど、違うらしい。偶然？　でももしこれまでのように頑なに僕のことを避けているのなら、たとえ姿を見かけても知らないふりをするはずだ。

「あのさ……」

「何？」

声が上ずる。陽子の気持ちが知りたいという一心で、勇気を振り絞った。

「この前も思ったんだけど、もう会わないって言ってたから……ちょっと驚いた。心配してくれたの？　僕のこと」

気まずそうに俯きながら、陽子は言った。

「まあね。だって不器用だし、うまいことやってるのかどうか気になるじゃん」

「あのねえ。僕、教師になって六年以上だよ。教育実習くらい」

「楽勝？　どうなの」

「うーん……」

口ごもってしまった僕を見かねて、陽子が優しい口調で切り出す。

「その前にさ。どうしてまた教師になりたいと思ったの？　教えてよ」

もう陽子に気持ちを誤魔化すようなことをしたくない。そう思い、陽子の目をまっすぐ見つめ、胸の内を素直に打ち明けた。

「僕の気持ちは変わっていない。だから、ここに帰って来たんだ」

なにそれ、と陽子は戸惑いながら眉を寄せる。

「てっきり私のことなんて忘れたかと思ってたのに」

「そんなはずないだろう」

語気を強める。ゆっくりと顔を上げた陽子と視線が重なった。

「陽子だって、僕のこと本当に忘れようとしたのか？　僕のこと避け続けている間、どんな気持ちだった？　教えてよ」

倉庫の外から、すぐ近くを歩いているらしい男子生徒たちが冗談を言い合う声が聞こえる。互いに口を閉ざしたまま、彼らが通り過ぎる数秒間が、とてつもなく長く感じられた。

「……それよりさ。渋谷って子いるでしょ。担当のクラスに」

質問に答えていない。そう思ったが、陽子の口から渋谷の名が出てきたことに僕は驚いた。

「いるけど……何で知ってるの？」

「落ち着いているって理由で、私が無理やり学級委員に推薦されてね。全学年の学級委員が集まる予算委員会でたまたま涼子ちゃんと隣の席になって、何度か話したことがある」

僕は息を吞み、恐る恐る切り出した。

「彼女には弟がいる……そうだろう？　僕はもう会ったよ。渋谷勇樹に」

陽子は驚いた様子で「どこで？」と尋ねた。先週末の古書店での出来事を話すと、考え込んでしまった。

「また行くの？　会いに」

僕は黙って頷く。すると入口の方で同級生らしい、陽子を呼ぶ声が聞こえた。後ろを振り返った彼女は「今行く」と返事をすると、「今週の土曜日にあの公園で」と言い残して去っていった。それは〝私も行く〟という意思表示だった。

昼休みが終わるとすぐに練習が始まった。バレーボールをしている女子の手が時折止まり、黄色い声援が上がる。熱い視線の先で、ジャージ姿の藪田が鮮やかなドリブルからのシュートを決め、ガッツポーズを連発していた。

「おい、手加減しろよー。先生だろー」

男子生徒から不満の声が上がるが、皆それでもどこか楽しそうだ。

藪田は高校時代サッカーをやっており、国体選抜選手にも選ばれたと自慢げに言っていた。

一見生徒たちに交じって大人げなくプレーしているだけのように見えるが、運動が苦手そうな子にもパスを出したり、コーチングしたりと、フィールド全体に気を配っている。

　藪田先生はチャラいし、授業はグダグダだけど、人気がある。給食指導の時間に、生徒たちが口々にそう言っていた。

　理由を聞くと、とにかくよく話しかけてくれるし、生徒によって態度を変えないから信頼できるのだそうだ。

　僕の評判はどうなのだろう。恐らく藪田とは真逆なんだろうな、と気分が重くなる。

　球技大会の練習を終え、汗だくになってタオルで顔を拭いている藪田に思い切って聞いてみることにした。その反応は予想外のものだった。

「生徒の評判？　そんなの気にすんだね。ケンちゃんを悪く言ってる生徒はあんまりいないと思うよ。ケンちゃんの授業の方が分かりやすいって、比較に出されて俺がディスられるくらいだし。ただ……」

「ただ？」僕は息を吞んだ。

「何考えてるのか分からない時が結構あるってのはちらほら聞くかな。言いたい事言えばいいのにって」

　自信を持って、という渋谷涼子の声が頭の中で響いた。

　小雨がぱらつくなか、一週間ぶりに古書店を訪れた。今日は陽子も一緒だ。渋谷の姉の話によると、休みの日は一日中ここに入り浸っていることもあるらしいが、店内をぐるりと回っても彼の姿はない。代わりに、先週は店にいなかった店主が、ぼうぼうに伸びた髭を指先で遊ばせながら椅子に背中を預け、読書に興じていた。

「すみません」と、陽子は躊躇《ちゅうちょ》することなく声をかけた。

じろりと視線だけをこちらに向けた店主に、「いつも来てる男の子、今日は見てませんか」と尋ねる。

店主は軽く咳払いをすると、ガラガラにしゃがれた声で「表じゃないか」とだけ答えた。

彼は裏通りだけでなく、表通りの商店街の方にもふらりと姿を現すらしい。どこへ行ったか心当たりを尋ねると、「古いシリーズものの本を読んで続きが気になって、新刊を探しに行ったんだろう」とややぶっきらぼうに言った。

「何で前は声をかけなかったの？」

商店街に向かいながら、陽子が問いかけてくる。

「警戒されたらいけないと思って」

「本当にそれだけ？　彼について他に考えていることはない？」

何が言いたいのだろう。真意を測りかねて、「どういう意味？」と陽子に尋ねた。

「私たちが過去に遡る直前のこと覚えているでしょ」

「うん。電車が僕らに迫ってきて、轢かれると思った瞬間、僕たちは十年前に戻っていた」

陽子は険しい表情になり、早口でまくし立てた。

「あの子もいたじゃん。もしあの瞬間に何かが起こって私たちがここにいるのだとしたら、同じように彼にもあのときの記憶があるとは考えられない？」

僕は言葉を失った。その可能性はゼロではない。

「陽子はそれが気になって、体育館で僕に会ったとき声を掛けたの？」

「それもあるけど……」

やはり言葉を濁す。陽子の態度ははっきりしない。

「それより……私が話しかけようか？　歳も近いし、警戒心が薄れるかも」

僕は首を横に振る。まずは僕自身が彼と向き合うべきだ。

「渋谷は教え子だよ。まだ今は教え子じゃないけど……教師として、このまま渋谷がかつてのような人生を歩んでしまうことを、見過ごすことはできないよ」

古ぼけたアーケードを潜り、ぱらぱらと歩く人々とすれ違いながらしばらく進むと、このアーケード街にひとつしかない新刊書店に辿り着いた。

陽子が「あっ」と声を上げ、店頭に出ている週刊誌の棚の脇に立っている店員を指さす。よく見ると、店員に腕を摑まれている少年がいた。

強張った表情でまくし立てる中年の店員と、無表情の渋谷少年。渋谷の手には真新しい文庫本が握り締められていた。

「すみません。この子知り合いなんです」

声をかけたのは陽子だった。店員は苛立った様子で言った。

「盗んだんですよ。前から目をつけていたんだ。今日という今日はこってり絞ってやる」

そう言って渋谷の手から本を奪い取ろうとするが、陽子が制止する。

「ご迷惑をお掛けして申し訳ありませんでした」

陽子が本を返して深々と頭を下げ、僕もそれに倣った。少し溜飲《りゅういん》が下がったのか、店員はレジのベルが鳴ると、「今日のところは注意で済ますけど、しっかり言って聞かせておいてよ」と言いながら店の中へと戻っていった。

余計なことをするなよ、とでも言いたげな様子でそっぽを向いて立っている渋谷の前に陽子はしゃがみ込んで、彼の眼を見つめながら言った。

「あんなことしてたのは、君なりに何か理由があるんでしょ？」

渋谷は答えず、陽子の横をすり抜けようとする。今度は僕が回り込んで彼の前に立ちふさがり、言った。

「僕は君のお姉ちゃんのクラスの先生で、彼女もそこの生徒なんだ。ちょっと話を聞かせてくれない？」

観念したのか、渋谷が足を止める。仕方ないなといった表情で僕を見上げると、「時間ないからさっさと済ませてよ」と毒づいた。

僕たちは近くの公園へ移動し、東屋のベンチに座った。雨上がりの匂いが立ち込めるなか、陽子は僕に目配せをして話を切り出した。

「ちょっと確認したいことがあるんだけど……いいかな」

渋谷は俯き、ぼんやりと靴を見つめている。

「君は本当は高校三年生……だった頃の記憶がある？」

「はあ？」

渋谷が不思議そうな顔をして陽子を見つめる。

「覚えてない？　電車に轢かれそうになって、気がつけば八歳になっていたとか」

「……漫画の話？」

からかわれていると思ったのか、不機嫌そうにこぼす。陽子と顔を見合わせ、僕は首を横に振る。「ごめんごめん。本題に戻ろうか」

陽子は立ち上がり、渋谷の前に腰を屈めて諭すように問いかけた。

「どうしてこんなことをしたの？」

渋谷は「真似した」とひとことだけ、極めて淡々と言った。僕が「誰の？」と尋ねると、抑揚のない口調で「クラスで万引きしたことを自慢する奴がいた。どんなものかと思ってやってみた」と呟いた。陽子が心配そうな眼差しで彼を見つめ、「他の子がやってたからって、自分もやっていいことにはならないよ。悪いことだって知ってるでしょう」と言い聞かせると、苛立った様子で言い返した。「僕はうまくやれなかっただけ。うまくやれば捕まらないんだから、やらなかったのと一緒。あいつらを見返せるし、欲しいものも手に入る」

「お店に迷惑かかるよ」

僕が言うと、今度はこちらに視線を向けた。

「僕ばっかりに構ってる方がお店にとっては迷惑だよ。大した金額じゃないでしょ。数百円くらい」

言い訳ばかりで、悪いことをしたという自覚はなさそうだ。

「お姉ちゃんが心配してたよ。最近家でもあんまり話してくれないって」

僕の言葉に、渋谷の顔つきが変わった。かすかに嫌悪感を滲ませた口元から、「僕に構いすぎ。本気でうざい」と言い放った。

なんてことを言うんだと思ったが、寂しげな顔をして俯く渋谷を見ていると、結局何も言葉が出なかった。もしかしたらこの子は、素直に感情を表現できないだけで、本当は助けて欲しいのかもしれない。

「ねえ、何か悩みがあるなら教えてよ。僕たちが力になるから」

渋谷は立ち上がると、僕らに向かって吐き捨てるように言った。

「嫌だよ。代わってくれるわけでもないのに」

走り去っていくその背中を、僕たちはただ見送るしかなかった。

二人きりになったベンチで、陽子が呟く。

「話したくないよね。あのくらいの子でも、プライドはあるだろうし。無理にこじ開けようとすればするほど心を閉ざしちゃう気がする」

どこかで見たことがある顔だった。渋谷に殴られて帰ったあの夜、食卓で涙した僕を、陽子は同じ顔をして見つめていた。

どことなく彼は僕に似ている。きっと気持ちを分かってあげられる。そう自分に言い聞かせながら、僕はまた明日、日曜も来てみようと決意を固めていた。

17

三人だと話しにくいかもしれない。

僕の強い主張を陽子は受け入れ、再びひとりで彼の元へ尋ねることにした。

昨日あんなことがあったばかりだから、商店街にはいないと踏んだ僕は裏通りの古書店へと足を向けた。店の中を覗き込むと、いつもの定位置で〝座り読み〟をする渋谷の姿があった。今日はレジに店主もいるが、特に注意する様子もない。こちらも仕事中だというのに椅子の上で胡座をかき、欠伸をしながら本を読んでいる。

渋谷は足音だけでもう僕だと分かったのか、露骨に不愉快そうな顔を僕に向けた。

「ごめんごめん。邪魔はしないから」

何の本を読んでいるのだろうか。僕は彼の手元を覗き込む。〝お玉探偵シリーズ〟の二巻だ。子供の頃に読んだことがある。

僕は立ち上がり、本棚に向かって歩き始めた。

背表紙をひとつひとつ確認しながら視線を横に滑らせていると、きちんと収められた本の並びから、少しだけ飛び出している一冊を見つける。お玉探偵シリーズのコーナーだ。見つけやすいように〝印〟をしていたに違いない。

僕は一巻を手に取り、彼の傍らに腰掛けてページを捲り始めた。

主人公の名は〝クック〟。見習いの少年シェフだ。ある日彼の働くお店で殺人事件が起こってしまい、正義感の強い彼は持ち前の嗅覚と観察力を生かし、見事に事件を解決に導く。そのとき片手にお玉を持ったままだったことから、〝お玉探偵〟と呼ばれるようになった。

子供の頃のように、夢中でページを捲った。あっという間に読み終わってしまい、本を閉じた。続きが気になるけど……二巻は彼の手の中だ。

「これ、僕も大好きだったんだ。読み終わったら次は僕にそれ貸してよ」

僕は立ち上がると、彼にそう告げて古書店を出た。去り際にちらっとだけこちらを見たような気がしたけれど……結局彼の本当の気持ちは訊けずじまいだった。本だけ読んで終わってしまったことが情けなくて、陽が陰りつつある空を仰いだ。

水曜日の朝礼のあと、職員室の前を通りかかった陽子を捕まえ、周りに誰もいないことを確認すると、一連の出来事を報告した。彼女は難しい顔になり、黙って考え込んでしまった。

「どうしたの？　何か気になることがあった？」

結局何しに行ったの？　と呆れられるかもしれないと思っていたから、この反応は意外だった。

「時を遡る前の日に……兼くん、渋谷くんに殴られたんだよね？」

思い出したくない記憶に触れられて胸が痛くなり、思わず口をつぐんだ。

「そうだよ。授業中に……生徒たちの前でね」

「本を取り上げたんだよね？」

「うん。どれだけ注意しても、授業中に読むのをやめないから」

彼女はより一層深い皺を眉間に刻みながら、ふっと息を吐いた。

「じゃあ、今はそっとしておいた方がいいのかもしれないね。彼からあの場所を奪ったら可哀《かわい》そうだから」

僕ははっとした。どうして今まで気づかなかったのだろう。

「そうか……彼にはたくさん悩みや嫌なことがあって、そのなかで唯一の心の拠《よ》り所《どころ》だったのかもしれないな。本を読んでいる時間が」

授業中に本を読んでいたら、注意しなければいけない。教師として当然の行動だが、そこに彼に対する配慮はなく……あの瞬間僕はクラス中に煽られ、感情的になっていただけだった。

渋谷から本を奪い取った時、彼はこう感じたのかもしれない。〝この世界に、僕の居場所などない〟と。

「でも、彼のお姉ちゃんが言ってたんだ。彼を助けて欲しいって。本を読んでいるのもいいけど、やっぱりいずれは自分の力でいろんな世界を歩けるようにならなくちゃいけない」

陽子は何故か嬉しそうに僕の顔を見つめている。

「先生らしい顔になったね」

なんだそれ、と言うと屈託のない笑顔を見せる。

今更?　と呆れる僕の背中を、小さくポンと叩いた。

「兼くんじゃないと救えないよ。頑張らなくちゃ」

そう言って陽子は手を振りながら去っていった。背中には陽子の手のぬくもりが残っていた。


それから三日後の土曜日、僕は再び古書店を訪れることにしたが渋谷は姿を見せなかった。

諦められず、僕は翌日もまた店に足を運んだ。

昼前に到着し、入口が開放されていたので店内に入ったが、店主の姿はない。しかし〝常連〟である彼の姿はすぐに見つけることができた。

踏み台に腰掛けている渋谷と目が合ったが、彼はすぐに本に視線を落とした。

「今日は何の本読んでいるの?」

彼は無言で少しだけ本を持ち上げる。〝お玉探偵〟の三巻だ。よく見ると、彼の傍らに二巻と四巻が置いてある。

「二巻はもう読んだの?　じゃあ、僕が読んでもいい?」

彼は何も答えなかったが、特に嫌がるそぶりも見せなかったので僕はひょいと二巻を手に取り、彼の傍らで読み始めた。

前回に引き続きまたこの状態。いいのだろうかと不安になるが、続きも気になる。

レストランでの名推理の噂を聞きつけた洋館に住む婦人が、クックに夫を殺害した真犯人を暴いてほしいと依頼する。警察は自殺だと断定し事件は終息したが、独自に捜査を続けてきたという婦人に胸を打たれたクックは少しずつ真相に迫っていき、ついに明らかになった犯人は——。

「ねえ」

驚いた。小説のクライマックス。いちばんいい所で、突然渋谷が僕に話しかけてきたのだ。

「早く読んでよ。どうしても気になることがあるんだ」

「え？　ああ、もう少しだけ待ってて。すぐに読むから」

話しかけてきてくれたということは、僕に心を許してくれたのだろうか。

十分ほど経ち、彼は僕が読み終えたのを見ると、すぐさま納得いかないという調子で切り出した。

「どう？」

「どうって。面白かったよ」

「変に思わなかった？」

「どの部分が？」

彼は腕組みをし、事件を解く探偵のように悩まし気に語り始めた。

「結局犯人は婦人だってクックが突き止めて、婦人が高笑いしながら罪を認めた場面だよ。夫が実は警察と組んで悪巧みをしていたことが許せなくて殺害に至ったけど、警察は悪巧みを表ざたにしないために自殺で処理したってことまでは分かる。なのに、どうして犯人の婦人がわざわざクックを呼んで謎を解いてもらう必要があったのかが分からないんだ」

確かにその部分は明らかになっておらず、読者に想像の余地を残したまま物語は婦人の逃亡によって幕を閉じている。

「そうだな……あくまで想像なんだけど、事件を解く前にクックが婦人に洋館を案内してもらうシーンで、絶対に地下室には足を踏み入れるなって釘を刺されるやりとりがあっただろう。婦人はこの夫殺害以外にもたくさん罪を犯していて、その証拠が隠してあるのかなって思ったたな」

「どういうこと?」

彼は興味深そうな表情で僕を見つめている。

「彼女は人を殺すだけじゃなくて、犯人捜しをする警察を翻弄することに喜びを感じる人間だったんじゃないかな。なのに今回は警察によって事件そのものが揉み消されてしまった。怒った彼女は、欲求を満たすためにクックを呼び、勝負を挑んだ——ということかな」

渋谷はふーんと口を尖《とが》らせ、再び読みかけだった三巻に目を走らせ始めた。

「あくまで想像だからね。君も君なりの見解を持っていていいんだよ」

「いや、いい。納得した」

見間違いかもしれない。けれど、その横顔は微笑んだようにも見えた。


帰りの電車の中で僕は、窓の外を眺めながら、ぼんやりと渋谷と交わしたやりとりを思い返していた。思えば時を遡る前、高校三年生の渋谷の担任教師だったころを含めて、はじめて彼と〝コミュニケーション〟を取ることができた気がする。

同時に思ったのは、彼は決して自分だけの世界に閉じこもろうとしていたわけではないということだ。同じ小説を読んだ人間が身近にいれば、作品に対してどういう印象を持ったのか聞きたくなる。誰もがもっている感情で、今回僕は彼が関わりたいと思う存在になることができた。

かつての僕たちに足りなかったのは……恐らく〝信頼関係〟だ。

わずかではあるが、僕たちには芽生えたのかもしれない。彼が僕に話しかけてくれたのが、何よりの証拠だ。

もう一度、彼に会いに行ってみよう。そうすれば――。

〝未来〟は変わるかもしれない。渋谷の——そして、僕たち夫婦の。

18

教育実習は最後の週を迎えた。

一日二回の授業実習が組まれ、その準備に奔走し、水沼先生の容赦ないフィードバックにばきばきに心を折られ、反省点を盛り込んだ準備と教材研究に没頭する。僕の中の教師生活六年分のアドバンテージなど、とっくに消え失《う》せていた。

午前の授業を終えて職員室に入ると、同期の実習生たちが机に向かっていた。一様に疲労の色を濃くしている。他の教師たちがずらりと教室の後方から目を光らせる、教育実習の集大成、〝研究授業〟が目前に控えているからだ。

「ねみー。俺、きのう一睡もしてないわ」

目の下に隈《くま》をつくった藪田が、欠伸混じりに弱々しい声を出している。相変わらずマイペースな彼はこれから〝本番〟を迎えるようで、赤字だらけの学習指導案に目を凝らしている。

僕の研究授業は六時限目だ。手や上着をインク塗《まみ》れにしながらレジュメを印刷し、生徒用とは別に、見学をお願いする先生たちの机を回り、手渡していった。

直前に水沼先生と最終確認をする。入念に何度もシミュレーションを繰り返し、ここまでやってきた。水沼先生は、最後に確認と言って、僕に問いかけた。

「準備は万端だね。この授業は誰のための授業？」

僕は自信を持って答えた。「生徒のためです」

水沼先生は小さく首を横に振る。何度も何度も練り直し、修正を加え、作り込まれた僕の授業実習案を手に取って、諭すような口調で言った。

「ちょっと違う。今目の前にいる生徒だけじゃなく、この先教師になったあなたの授業を受けることになる、全ての生徒のためにやるの。緊張するかもしれないけど、これから教室で起こることは全部糧にしなくちゃいけない。そのためには、失敗を恐れずにやること。いい？　上手に授業を〝こなす〟ことに終始したらだめだよ」

水沼先生のゲキに、僕の心は奮い立った。かつて高校で教鞭をとっていた僕が、こんな気分で授業に臨むことなどあっただろうか。何も言わずに右手を差し出した水沼先生と、固い握手を交わす。「さあ、行こう」と背中を押された僕は、熱い思いを胸に抱きながら職員室を出た。

研究授業のあと、反省会もかねて僕たち実習生は、指導教諭たちと飲みに行った。無礼講、本音でトーク、などという音頭は交わされたが、結局ほろ酔いの指導教諭たちによる実習生への〝本音駄目出し合戦〟に終始してしまった。

藪田の研究授業は〝藪トーク!!〟という〝発表&討論〟形式で行われ、かなり盛り上がったと話題になったが、仕切りの弱さか、授業の本線から逸脱した話題も目立ったとして、担当教諭に熱心な指導を食らっていた。

研究授業のお礼もかねて、僕は瓶ビール片手に水沼先生のもとへ行った。ほろ酔いの先生は、あの柔和な笑顔を浮かべながら僕に語り掛けた。

「新田先生は基本はものすごくできていたから、実は他の実習生に比べてぐっとハードルを上げていたんです。よく付いてきてくれました。よくここまで持って来られました。でもまだまだ。それは私も同じで、教師は退職する日まで日々勉強なんです。これで満足せず、ここがスタートラインだと思って頑張ってください」

かつて教師になって以来最も嬉しい言葉かもしれない。向いていないと断言され、諦めかけていた教師という仕事。僕一人では無理だった。〝出会い〟こそがここへと戻って来るきっかけを与えてくれた。乾も、沙織も、水沼先生も。そして——陽子も。

他の先生からも「最初の授業実習に比べたら見違えるようだった」とお褒めの言葉をもらい、実際、生徒ひとりひとりが僕の授業に興味をもって参加してくれているという手ごたえがあった。相変わらず生徒の意を汲《く》めず、言いたいことを分かってあげられなかったりする場面があったのは反省材料として挙げられたが、評判は上々だった。

　この日は珍しくよく飲んだ。蛍光灯の眩しさのせいなのか、ホルモンの煙のせいなのか、ふと涙がこみあげてきた。座ったままじっと一点を見据えていると、べろんべろんになった藪田が馴れ馴れしく肩を組んできた。

「ケンちゃーん。何泣いてんの？　泣きたいのは俺の方だよ。ボロクソメタクソに言われちゃってさあ。もう教師なんかやめてやるー！」

　そう言い残し、彼は指導教諭の元へ戻っていく。笑顔を輝かせながら二人が肩を組むと、大きな笑い声が店内にこだました。


　教育実習最終日は、雨。体育館に雨音がごうごうと反響する。ここに来た最初の日のように、全校生徒の前で一列に並んだ僕たち実習生は、マイクを片手に別れの挨拶をしていた。皆の顔を見ると、あどけなさの残る学生だった面影はない。未来への心構えの備わった精悍《せいかん》な顔つきへと変わっていた。

　全員の挨拶が終わると、体育館が大きな拍手で包まれた。間もなく解散になったのだが、藪田はいかつい男子たちにわっと囲まれ、胴上げされていた。近くにいた僕も巻き込まれ、ついでに二、三度宙を舞った。

　あまりの出来事に目を回してふらふらしていると、小さな上履きが僕の視界に入った。

「相変わらず流されやすいね」と言ったのは、陽子だった。

「教育実習お疲れ様。収穫はあった？」

「……正直、自分でもここまでまたやれるとは思ってなかった。二十九歳の僕は、教師としての自分にもうそれ以上を望んでいなかったし、成長することを諦めていたのかもしれない」

うんうんと頷く陽子は、嬉しそうに僕の顔を見つめている。そういえばと、渋谷と一緒に本を読んで、彼の方から内容について話しかけられたことを陽子に報告した。

「自分の気持ちを分かってくれる人がそばにいるって大切だと思う。たまたまかもしれないけど、きっかけを与えたのは兼くんだよ。よかったじゃん」

「そうかもしれないけど……陽子が声を掛けてくれなかったら、行動に移せなかったと思う」

陽子の視線が、僕のうしろに移る。なんだろうと思って振り返ると、渋谷涼子が不思議そうな顔をして僕を見上げていた。

「陽子？　兼くん？」

僕は慌てふためいて両手を振る。彼女とは小さい頃から知り合いで、と言い訳を繰り出す。

「はあ。それより、実習ありがとうございました。楽しかったです」

と言い、学級委員らしく丁寧に頭を下げた。

僕も釣られて頭を下げる。陽子はすぐ他人のような顔になって、その場から離れようとしている。

「こちらこそ。いつも助けてくれてありがとう。部活も勉強も、ここからが正念場だと思うけど、頑張ってね」

教師のテンプレートのような言葉だが、それは本心だった。彼女はにこやかに頷くと、目を輝かせながら数日前に家であった出来事を話してくれた。

「夜中に二階の自分の部屋から出ると、勇樹がドアの傍で立ってたんです。出てくるのを待ってたみたい。どうしたのって訊くと、どうしても読みたい本があるけど、古書店にはないんだって。ウチはお小遣い制とかなくて、欲しいものがあったらお母さんに言えば買ってもらえるんですけど、ちょっと言い出しにくいみたいで」

「買ってあげたの？」

「はい。お金を渡す時にペコって頭下げたの見て、なんだか嬉しくなって私泣いちゃって。何で泣くんだよって言われたんですけど、こういう姉弟らしいやりとりが久しぶりで、胸がいっぱいになったんです」

そう言いながらまた瞳を潤ませる。ごめんなさいと袖で顔を拭うと、でも一つだけ約束したんです、と悪戯っぽい笑顔を見せた。

「私が買ってあげるのは今回だけだよ。次はちゃんとお母さんにお願いする。そしたら、お母さん喜んで買ってくれるからさって」

こうやって彼の幾重にも重ねられた殻は少しずつはがれていき、彼の助けとなる人が増えていく。本を読む以外にも、楽しい世界がきっと広がっていくはずだ。

彼は何の本が欲しかったのだろう。そういえば、古書店で本棚を見たときに〝お玉探偵〟の五巻が欠けていたな……と思い返しながら、近いうちにまた会いに行こう、今度は陽子と二人で、と考える。何だか楽しみになっている自分がいて、心地よい気持ちに浸りながら僕の教育実習は幕を閉じた。

19

そろそろ梅雨も明ける時期だというのに、外はまだ雨の匂いが満ちており、空は淀んだ色をしていた。

連れ立って歩く僕と陽子は、古書店の前に辿り着いた。相変わらず重たい引き戸をよいしょと開けると、中では店主がふんぞり返って本を持ったまま舟をこいでいる。セキュリティーもくそもない。中に入ってぐるっと店内を探すが、渋谷勇樹の姿は見当たらず、「また商店街にいるのかも」と出て行こうとすると、物音に反応した店主が目を覚ました。

「やあ、いらっしゃい」

寝ぼけ眼に、しゃがれた声。陽子が「あの子は来てませんか」と尋ねると、「さっきまでいたんだがね」と寂し気に言う。

今度は僕が「もう帰ったんですか？」と訊くと、「もう来ないかもしれないなあ」と意味深に首を振った。

何かあったのだろうか。僕たちは店主に食い下がった。言いにくそうにしていたが、渋々といった感じで彼が見た一部始終を語り始めた。

「クラスの子たちが来たんだよ……それも大勢で」

どうやら担任の先生が家庭の都合で辞めることになり、クラスのみんなでお別れ会をしようということになったらしい。学校にほとんど行かなくなっていた渋谷も、いないと先生が悲しむから連れて行くべきだとの意見が出たのだろう。どうやってこの店を知ったのか分からないが、大挙して押しかけてきたそうだ。

「それで……彼は？」

店主はしゅんとした顔で、力なく呟いた。

「反発しておったよ。あの先生は嫌いだって。心配するのもうわべばっかり。自分のこと面倒くさい奴だって思ってること、態度でずっと感じてたからってさ。そしたら子供たちが、それはお前が悪いんだろって言い返して、そこからは多勢に無勢で彼のことを言葉で袋叩きさ。もともと嫌々来てた子がほとんどだったんだろうね。彼はここを飛び出して、誰も追いかけることなく解散さ」

僕と陽子は顔を見合わせた。あの日と同じ……嫌な予感がする。

「ここにいないとなると……商店街かな。とりあえず行ってみて、手分けして探そう」

僕たちは夢中になって走った。もう二度と目の前で彼に悲しい一歩を踏み出させてはいけない。

アーケードを駆け抜けて、商店街に入る。手分けしてくまなく周辺を探したが、どこにもその姿は見当たらない。中央交差点でまた合流して顔を見合わせるも、互いに力なく首を振るばかり。

一息ついて、今度は彼の家や学校にも行ってみようと声を掛け合った直後だった。どこからかざわめきが聞こえ、声のする方へ目を向けると、少し先のビルの周りに人だかりがあった。みんな上を見上げ、指さしている。同じ角度、同じ方角を。あのときもそうだった。

人々の視線の先……四階建ての雑居ビルの屋上。あの特徴的な立ち姿で、確かにそこに佇んでいた。反射的に足が動く。ビルの自動ドアを抜け、エントランスを見回すが、エレベーターがない。入口のすぐ横に階段があると気づき、誰よりも、陽子よりも早く駆け上がる。ひいひいと息を切らし、足が縺《もつ》れそうになりながらもなんとか辿り着いた。

関係者以外立ち入り禁止の扉が開いていた。その向こう側。少しでもバランスを崩せば真っ逆さまに落ちてしまいそうな屋上の縁《へり》に、彼はこちらに背を向けて立っていた。

「渋谷。何をしているんだ」

僕はかつての教え子の名前を呼ぶように、震える声で言った。

彼は顔だけをこちらに向けると、口元を歪め、答えた。

「こっちに来るな。裏切り者」

彼が何を言っているのか、さっぱり分からず困惑する。

「何があったのかは古書店の店主に聞いたよ。でも、あんなことで大事な命を投げ出したらいけない」

「あんなこと？」

渋谷勇樹の唇が震えていた。

「お前がチクったんだろ。善《い》い人の振りしてさ。あいつらに居場所をばらして、僕をそこから追い出したんだ。僕はもうどこにも行く場所がない」

そう言って再び僕に背を向け、危なっかしい足取りで地上を覗き込んだ。

「ちがう。僕は言っていない」

クラスメートか、それとも彼の両親か……誰を通じて学校まで伝わったのかは分からない。恐らく渋谷は古書店にいることを知っていたのが僕たちだけだと思い、勘違いしているのだろう。

「うるさい！　何も知らないくせに！」

彼の片足が浮き上がるが、軽くよろめいただけで再び両足で立った。しかしいつ向こう側に身を投げてもおかしくない。

何が彼を孤独にしたのか。僕はかつて高校教師だったころのことを思い返した。教師になって、自分なりに生徒たちと向き合ってきたつもりだった。それでも僕への不満はだんだんと増えていき、やがてそれはクラス中に広がって、教室を崩壊させた。最後は僕のことを理解してくれていると信じていた陽子ですら否定的になって、僕は完全に逃げ場を失った。誰も分かってくれない。もうどうしたらいいか分からない。僕は何のためにいる？　なぜこうなった？　全て僕が悪いんだ——。

涙が出そうになって、唇をかみしめる。十九歳に戻った時だってそうだ。突然この身に起きた不思議な出来事に困惑し、陽子との未来を失ったことを受け入れられなくて、苦しい日々が続いた。

でも、その孤独はずっとは続かなかった。乾や沙織という友人が現れ、僕は新しい世界を楽しむようになっていった。

「あなただけじゃないよ」

思いを巡らせていると、隣で陽子が言った。その声は震えていた。

「信じてくれないかもしれないけど……私たち、十年後の未来から時を遡ってしまったんだ。本当は私たち夫婦だったんだよ。兼くんは高校三年生だったあなたの担任教師で、あのときもあなたは電車に飛び込んで自殺をしようとして……」

こちらを向いた渋谷が怪訝な顔をし、陽子の顔をじろりと見る。僕は驚きつつも、黙って陽子の言葉に耳を傾けた。

「私たちは止められなかった。線路に落ちたあなたを助けようとして、気がつけば私は小学六年生の姿になっていた。これは報いだと思ったよ。あなたのことも、兼くんも、誰のことも助けられなかった私に対する――」

「うそつけ。そんな作り話に騙されないぞ」

渋谷が戸惑いながら叫ぶ。

「苦しかった。二十二歳だった私は、突然子供に戻ってしまった現実に適応できなかった。こんな話信じてもらえるわけないから、誰にも打ち明けられないし。学校では小学生のクラスメートと全然話が合わなくて。本当にどうしたらいいか分からないまま、最初は毎日不安で泣いていたよ」

陽子の戸惑いは僕の比ではなかっただろう。それなのにそんな素振りを全然見せず、僕のことを思って〝しっかり現実を受け入れなきゃ〟と言ってくれていた。

「唯一の心の拠り所は、同じように時を遡っていた兼くんだけだった。でも、年上だった兼くんはこの世界でも大人で、友達もできて、彼女だって——」

彼女？　沙織のことだろうか。僕は陽子が高知旅行に参加したいと言ってきたときのことを思い出した。あのとき陽子は沙織と仲良くなって、僕に〝もう会わない〟と告げた。

「私は思ったんだ。このままずっと一緒にいれば、いずれまた兼くんを苦しめてしまうかもしれない。私とまた夫婦にならなくたって、彼には支えてくれる素敵な人がいる。だから、私は兼くんの元から去ることにしたの」

陽子はいつのまにかぼろぼろと涙を流していた。

「でも私はひとりぼっちにはならなかった。中学校に上がってからは友達もできたし、いろんな人と仲良くなれたんだ。君はまだ子供だし、自分は無力だって思うかもしれない。でも、自分の足で、いろんな場所に行って、たくさんの人と出会って、はじめて分かることがある。そうやって大人になるにつれて、人は〝生き方〟を見つけていくんだなって、私は思ったんだ」

渋谷は僕たちに再び背中を向け、黙って俯いている。隣で陽子は膝に手をつきながら、声を振り絞って叫んだ。

「渋谷くん。今はひとりぼっちで苦しいかもしれない。でも、一歩踏み出せば、待っていてくれる人がいるはずだよ。君のお姉ちゃん。お父さんお母さん。古書店の店主さんだって――。本当に決心がついたときでいいから、その一歩を踏み出そうよ」

　僕は陽子に続いて、渋谷に向かって呼びかける。

「楽しかった。古書店で、君の隣で本を読んでいる時間。あっという間で、また一緒に読みたいなって思った。面白いよな？　あの本。まだまだ続きがあるだろう。君の感想も聞かせてよ。僕にできることはそれくらいしかないけど――待っているからな」

　風が吹く。彼の足が浮き上がり、バランスを崩す。

　危ない――。僕は彼の元に駆け寄り、思い切り腕を伸ばした。

　全てがスローモーションのように思えた。電話口で僕の呼びかけに応じず、ホームの屋根から飛び降りたときのことが頭をよぎる。もう嫌だ。あんな思いは。

　落ちるかと思った、その瞬間――渋谷がよろめきながら、ぐっと縁を踏みしめる。それでも倒れそうになる体を、僕は懸命に伸ばした両手で抱き止めた。

　上空を切り裂く風の音。陽子が駆け寄って来て、僕の背中に覆いかぶさる。はあはあと息を乱しながら僕は、腕の中から渋谷の声を聞いた。

「やーめた」

　ぽつりと呟いた言葉。それを合図に、僕の腕を振りほどいた渋谷は縁から手前に飛び降りて、屋上を駆け抜け、階段の方へと消えていった。僕たちは、その場にへたりこんだ。

階段の奥の方から「少年、保護しました！」という声が聞こえる。すぐに警察官たちが数人駆け上がって来て、年配の男性警官が僕の肩を叩いて言った。

「よく説得してくれた。もうあの子は大丈夫だよ。ちょっとお話を聞いてもいいかい？」

地上に戻った僕たちは事情聴取を受け、その間に渋谷は警察署へと届けられたらしい。すっかり日も暮れかかった頃にようやく解放された僕たちは、渋谷の元へと向かうことにした。

今どんな顔をしているだろう。家族も駆け付けているはずだ。弟が自殺をしようとしたって知ったら、涼子は……自分を責めたりしないだろうか。

警察沙汰になってしまったから、渋谷を取り巻く環境は騒々しくなるかもしれない。学校にも知れ渡るだろう。

「本当に助けることができたのかな。渋谷のこと」

バス停の椅子に腰掛け、僕は呟く。隣に座った陽子は、迷わずに答えた。

「一歩踏み出してくれたじゃん、私たちの方に。だから、今度は彼が歩み続けるのを助けてあげなくちゃね」

涙を流しながら打ち明けた陽子の言葉が、僕の胸に刻まれている。

〝大人になるにつれて、生き方を見つけていく〟

僕が知らない間に、彼女が過ごした二年半。もう会わないと言った彼女が、今こうして隣にいる。

「どうしてまた一緒にいてくれるの？」

そう聞きたくて口を開けたけれど、何も言葉にできなかった。陽子が指さした先からバスがやって来て、ドアが開く。顔を見合わせた僕たちは、迷わずバスに乗り込んだ。

20

沙織に呼び出されたのは、教育実習を終えてから三週間後のことだった。

保育園のおゆうぎ会の準備に追われ、延び延びになっていた僕の〝教育実習お疲れ様会〟をいざ開催すると言って、沙織は張り切っていた。沙織は僕と会うのにいつも妙な名目をつける。〝私の誕生日、まさか忘れてませんよね？　あと一か月後ですよ会〟だとか、〝園児の男の子にちゅーしてって言われました。思わず照れてしまった会〟もあれば、〝金欠です。でも遊びたいので、奢ってください会〟など。実際会ってみるとパターンはいつも同じで、沙織がチョイスしたカフェや洋食屋で近況を語り合いながら食事をするだけだ。やがて終電が近くなったら、互いに何も言わずに席を立つ。

あの高知への旅行の後も、変わらずに接してくれる沙織。たまにこうして食事をしながら、今では〝良き相談相手〟としてお互いを尊重し合っているというのは感じていた。

今日の集合場所は、商店街の交差点にある、熊の親子のモニュメントの前だった。街路樹の下、木漏れ日がきらめくアーチ状のベンチに腰掛けて待つこと一時間。僕はすっかり汗だくだった。ようやく現れた沙織は、いつもとは違いシンプルないでたちで、手にはユニクロの紙袋を提げていた。

「遅れてすみません。事故が起こってしまいまして……」

何の事故だろうと詳しく訊くと、想像の斜め上だった。

松山駅に到着し、トイレに行って手を洗おうとしたものの、蛇口から水が出てこなかったらしい。自動ではなく自分で蛇口をひねるタイプのものだったが、沙織はあちこちいじくりまわしているうちに思いっきり蛇口を全開にしてしまい、噴射した水で全身ずぶ濡《ぬ》れになった。

「近くにユニクロがあったので、事なきを得たわけですよ」

果たしてそれは事なきを得たと言えるのか、と思いつつも笑ってしまう。こんなことはしょっちゅうあるので、僕はすっかり慣れてしまっていた。

「携帯も充電切れで……ごめんなさい。せっかく今日は気合を入れて来たのに。はあ」

元気がない。いつもはどんな失敗をしようと、引きずることなく明るく振舞っているのに。そのまま彼女が予約してくれていたレストランに向かったのだが、店の前で彼女が立ち止まり、「今日はお任せください」と胸を張った。

すぐにお代のことかと気がつく。いつもは割り勘なのだが、今日は僕の〝教育実習お疲れ様会〟という名目でもあるわけだし、たまにはお言葉に甘えようかな、と言おうとした矢先、彼女が言った。

「……と、思ったんですが。ユニクロで一式買ってしまったので、所持金があまりありません」

「え？　あ、はい」

「無念です。いつも通りで……」

じゃあ言わなくていいじゃないかという突っ込みは無粋だ。今日はいつも通りじゃないつもりだった、ということは、やっぱり何かあるのだろうか。そう思いながら、やたら気落ちする彼女の背中を押しつつ、店内へと足を踏み入れた。

複合ビルの二階にあるこのパスタ専門店は、女性客に人気らしい。予約した個室へと通された僕らは、この店自慢の本格的な生パスタに舌鼓を打った。

「生一丁追加で」

ドリンクフリーのセットメニューを頼んだとはいえ、沙織は次々とグラスを空にした。お酒がそんなに飲めない僕に合わせてか、一緒に食べる時はいつも控えていたのに、今日はリミッターが外れたみたいにアルコールを流し込み続けている。

「ペース速いね。何かあったの？」

彼女は眼が据わり始めていて、突然無表情になって一点を見詰めたり、陽気に手を叩きながら笑ったりを繰り返している。

「どうしたの今日は？」

いつもは保育園での出来事とか、とりとめのない話をして笑い合うのに、まるで何かを振り払うかのように豪快な飲みっぷりを披露している。

「どうしたの……？　うん。そうだ、どうかするんだ。今日は」

半分閉じかけた目を僕に向けて、彼女はテーブルに置いていた僕の左手を、両手で包み込むように握った。

「今日は……大事な話があるんです」

「話？　〝お疲れ様会〟じゃなかったの、今日は」

彼女は必死にかぶりを振って僕の目を見据える。流れる沈黙。壁越しに響いてくる周囲の喧騒ばかりが耳につく。やがてゆっくりと彼女の口が動いた。

「結婚……してください」

「え？　誰と？」

「私が……収入……養いますから」

「ちょっと待って……」

沙織は立ち上がり、僕の元へやってくる。唐突すぎてすぐに状況が呑み込めない中、彼女は僕の目の前に跪《ひざまず》くと、もう一度両手で僕の手を包み込むようにぎゅっと握りしめた。

「本気……なんですか？」

僕と彼女との間にあった〝適度な距離感〟を、突然助走もなしに突き破って来る衝撃的な出来事だった。「友達が……先輩が……結婚に次ぐ結婚。本当は兼祐さんが先生になれるまで待とうかと……焦りが……」

断片的ではあったが、言いたいことは伝わってきた。

「なんで焦るんだよ。そんなことしなくても……」

彼女が抱いていた想いが想定外すぎて、正直どうしたらいいか分からない。

「嫌ですか？　気持ちを教えてください」

単純にイエスかノーで答えられる問題ではなかった。僕は彼女の両肩に手を置くと、いいから座って僕の話を聞いてと頼んだ。

呆然《ぼうぜん》とする彼女は、ふらつきながらも自分の席に戻っていく。

混乱しながらも、僕は彼女と過ごした三年間を思い返していた。彼女はおおらかで、天然。時間にルーズで失敗することも多いけど、とにかく一生懸命だ。常に明るく天真爛漫なその姿に、僕は何度となく救われてきた。

「結婚してほしいって言われても……」

沙織と結婚する。正直、考えたことがないと言ったら嘘になる。しかし、僕はその可能性を否定し続けてきた。

決して忘れることはなかった、大切な人の存在。

僕の中にあった未来と、今思い描いている未来。どれだけ〝友人〟として彼女に信頼感を抱いていても、決して揺らぐことなく生き続けてきた。

「……結婚って、何なんでしょうね」

思いを巡らせていた僕の口から、無意識に言葉が零れる。妙なことを口にしているな──と他人事のように感じながら、僕は続けた。

「結婚……って、すごいですよね。別々の家庭で生まれ育った赤の他人同士が、〝家族〟になる。なれるんだもんね。すごいよね」

「……すごい？」

沙織はきょとんとしながら、僕を見つめている。

「うん。すごい。でも、結婚して〝家族〟になった。それで終わりじゃないよね」

沙織は頷きながら、じっと耳を傾けている。僕は心の奥底からじわじわと湧いてくる気持ちを慎重に言葉にした。

「結婚式で、新郎新婦が神父さんに向かって永遠の愛とか誓うじゃないですか。でも、誓ったからって二人の未来は永遠なのかっていったらそうじゃなくて……結局その誓いを守れるかどうか。その先ずっと一緒にいられるかどうかって、当人たちの努力次第だと思うんです」

僕は陽子と二人で〝夫婦〟として過ごした一年間を思い浮かべた。忘れることなどなく、ずっと考えていた。あの日、津久多駅で起きた不思議な出来事。もし渋谷が駅のホームの屋根から飛び降りなければ、僕たちが助けに行かなければ――。僕たちの夫婦としての未来は、いつまでも続いたのだろうか、と。僕は教師としてあまりに弱く、夫としてあまりにも無責任で、情けなかった。どちらにせよ、時間の問題だったのでは、と思わずにはいられないのだ。

「僕は……情けない男です。いつも後から後悔するばかりで、何も変わっていない」

沙織は首を横に振る。僕は拳を固く握りしめた。

「もっと成長しなきゃいけない。どこかで甘えている、逃げようとしている自分を、乗り越えて強くなる必要があるんです」

沙織の瞳が不安げに揺れる。それでも最後まで伝えなければと、声を震わせた。

「だから……？」

「結婚は……いま僕がやるべきことではない、と思うんです」

互いに黙ったまま流れていく時間。やがてか細い声が僕の耳に届いた。

「誰……なんですか」

「え？」

「ずっと感じていたんです。兼祐さんの心に誰かいるって。ずっと寄り添っているって。それは私じゃない誰かだって」

僕は思わず目を泳がせた。

「まさか……違いますよね。高知旅行のときに、一緒にいてとても楽しくて。仲良くなれて嬉しかった。可愛くて、うんと年下なのに、まるでお姉さんみたいで。しばらく会ってないけど……今でも大好きで、でも複雑で。ずっと胸に仕舞いこんでた」

再び沈黙に包まれる部屋。僕が何も言えずにどうしようかと困っていると、しびれを切らしたかのようにまた彼女の口が開いた。

「でも……諦めませんよ」

そう言うと、沙織はテーブルのグラスジョッキに残った生をぐっぐと飲み干し、僕を指さして宣言した。

「待ちます。待ちますから。彼女が大きくなるまで待って、真剣勝負です。絶対に負けませんからね！」

沙織は糸の切れたあやつり人形のようにテーブルの上に崩れ落ち、眠ってしまった。お酒の力もあったとはいえ、彼女の本音は確実に僕に届いた。

でも……やっぱり受け入れることはできなかった。僕は未来の反省を全く生かすことのできない、諦めの悪い男だ。

分かっている。この胸の中をずっと彷徨《さまよ》っている気持ち——向かうところは一つしかないはずだ。

「諦めない……か。じゃないと、想いは届かないもんな」

すやすやと眠る横顔を見ながら、僕は沙織に対する申し訳なさを胸に、自分へのゲキとも取れる言葉を口にしていた。

21

地下鉄というのはどうも乗り慣れない。今自分たちがどの辺りを走っているのか見えないまま突き進んでいるというのは、どうにも気分が落ち着かないからだ。

そんなことを考えているのは僕くらいのものだろう。スーツ姿のおじさんも、スウェットに身を包んだ少年も、涼しい顔をして座っている。要するに僕ははるばる大阪まで来てみたはいいが、既に松山の路面電車が恋しくなった田舎者であるということだ。

駅に着くたびに押し寄せては去っていく乗客たちの波に揉まれ続けること二十分。目的地を告げる車内アナウンスに背中を押され、僕はようやく地上へと出ることができた。

師走の大阪は賑やかで、寒さが吹き飛びそうなくらい熱気に満ちている。

乾の実家に行きたいと言い出したのは僕の方だ。乾が大学を中退した後も、僕たちは気まぐれに連絡を取り合ってはたまに近況を報告しており、僕に内定が出たら祝杯をあげるという約束はかなり前に交わしていた。行きつけやおすすめの店はいくつか候補として挙げてもらったが、今回は乾の店に行ってみたかった。

所謂《いわゆる》〝ミナミ〟と言われる大阪を代表する繁華街からは外れているが、人通りの多い場所に乾の店はあった。やや古めかしく、風情を感じる外観。立ち止まって時計を見ると、まだ午後四時だ。表には〝準備中〟の札が出ているが、遠慮なく入れと乾には言われていた。

「ごめんください」

ドアを開けると、カウンターがあり、傍らにはテーブル席が三つある。所在なく辺りを見回していると、すぐに「らっしゃい」と耳慣れた声が飛んできて、店の奥から乾が満面の笑みを浮かべて現れた。

「よう来たな。今日はお前の貸し切りにしてあるから、朝までがっつり飲むで！」

それは乾の冗談で、実際は開店時刻になれば次々とお客が入って来た。すっかり店主が板についた様子の乾は、手際よく調理をこなし、グラスに酒を注ぎ、客と談笑する。

置物のようにカウンターでちびりちびりと飲んでいる僕にも、お客さんは気軽に声を掛けてくる。乾はこういう街で生まれ育ったのだと実感した。

丑三《うしみつ》つ時《どき》になると、完全に客足が途絶え、乾は表の札を準備中に変えた。

「今日は良い客ばかりやったな。普段はこうはいかんで。客同士酔っぱらって殴り合いの喧嘩を始めたり、俺自身が胸ぐらを摑まれることもしばしばや。お互い本音をぶつけ合っていると、ついつい熱くなる。そういう奴らの気持ちを受け止めてこそ、店をやっとる甲斐があるってもんや」

今日は珍しく僕もたくさん飲んだ。仄《ほの》かなアルコールの酔いも手伝って、僕はずっと面と向かって聞けずにいたことを口にした。

「大学を途中で辞めたこと、本当に後悔してない？」

乾は腕を組んでしばらく考えたのち、力強く答えた。

「めちゃめちゃ後悔したで！　まあ、初めはな。身動きのとれへん親父からは教えてもらえんから、伝手《つて》を頼ってあちこちの店のカウンターに立ってな。ド素人やからとにかく邪魔やしどやされるわけや。俺もカッとなって言い返すこともあったけど、世話になった人たちには今は感謝しとる。あのまま大学におって就活しとけば、組織の一員として会社のために尽くす人生が待っとったかもしれん。せやけど、やっぱり自分のケツは自分で拭かないかんこの商売の方が向いとるって思ったわ」

乾の口調は自信に満ちていて、この二年間の充実ぶりを感じさせた。

「人生常に道半ばや。いっぺん満足してもうたら、そこから良くなることはないで」

春からは新任教師としての毎日が僕を待ち受けている。乾の言葉の意味をひしひしと感じながら頷いていると、今度は乾が神妙な顔つきになって僕に尋ねた。

「ちなみに……沙織とは今どうなんや？」

「どうって……変わりないよ」

「なんでや！　振ったんやろ？」

「うん。でも、一週間後くらいに〝テナガザルの手はなぜ長いのかとことん語り合う会〟を開催しましょうって電話かかって来たよ。今でもときどきご飯食べに行ってる」

「相変わらずメンタルの強い女やな」

「正直……嫌われたと思ったから、ほっとしたけどね」

「お前は相変わらず流されやすい奴や」

「ほっとけ」

乾は空になったグラスに焼酎をなみなみと注ぎ、じろじろと僕の顔を見つめながら訊いてきた。

「陽子ちゃんには会ったんか？」

「え？」

「え？　やあらへん。教育実習が終わってそれっきりか？」

「まあ……そんな感じかな」

歯切れが悪いな、と口を尖らせた乾は、「まあええ。学校でうまくやっとったんやろ？　いつまでも子供扱いしたらあかんからな」と呟いた。

乾も未だにこうして気に掛けている、かつての〝仲間たち〟。今思い出しても不思議なメンバーで、奇妙な旅だった。

たった数日間だけ交わったそれぞれの人生。今はみんな新しい一歩を踏み出し、歩き始めている。四人で過ごしたひとときはもう戻ってこないけれど、僕はずっと胸に抱いて生きていくのだろう。

目の前のグラスにはすっかり気の抜けたビール。ぐっと喉に流し込み、酔いに背中を押されるように切り出した。

「もうひとつ、聞きたいことがあるんだけど」

「なんや」

「もし……十年前の自分に戻ったらどうする？」

何やそれ、と乾は鼻で笑いながら、焼酎をくぴりと呷《あお》った。

「そうや。お前は十年後の世界から来たんやったな。すっかり忘れとったわ」

僕はあの高知旅行の夜、乾に打ち明けたことを後悔していた。自ら背負った重い荷物を軽くしようと、乾に押し付けてしまったように感じたからだ。

乾はしばらく思い悩んでいたようだったが、やがて吹っ切れたように僕のことを「なんちゃって未来人」「神よりも色々と告げる人」といじるようになった。僕が嘘をついていると否定するでもなく、深刻に真に受けるでもなく。僕という〝人間〟を受け入れてくれたようで嬉しかった。

「信じてないのかよ」

僕が口を尖らせると、乾は真面目な顔をして答える。

「当たり前や。冗談は寝て言え」

「顔だけにしとけ、だろ」

「そうや。そうとも言うな」

もう一軒や、と店の外から賑やかな酔っ払いたちの声が聞こえてくる。この街は眠らない。しかし、どれだけ騒がしかろうが時計の針は動き続け、夜は更けていく。気づけば微かに朝日が入口の磨《す》りガラス越しに滲んできていた。

「もうそろそろお開きやな」

さすがに眠たそうに瞼をこする乾に向かって、もう一度だけ尋ねた。

「十年前の自分に戻ったらどうする？」

苦笑いを浮かべた乾は、カウンターから回り込んで僕の隣に腰を下ろす。

おもむろに僕と肩を組み、しんみりと呟いた。

「どうもせん。今を生きるだけや」

未来はどこにもない。にもかかわらず、結局〝明日〟はやって来る。眠っていようと、こうして朝まで飲んでいようと。

世界はそういうふうにできているのだ。

22

三月に入ってめっきり暖かくなったが、さすがに夕方になるとジャケットが必要だ。平日の五時すぎということもあり、制服姿の学生たちの姿もちらほら目にする。大街道のアーケードを行き交う人の群れから離れ、裏通りへと逸れた僕は、とある小さな理容室へと向かった。

あそこに行くのは四度目か、五度目か。ひとりでぶらぶらと通りを散策するという名分で、ふと思い立つと訪れていた。

ひょっとしたら、というかすかな期待を抱き、やっぱりだめか、という失望を持ち帰る。そのたびに肩を落として帰っていたのだが、今回は無駄足にはならなかった。

即座に踵を返した僕は、人波を掻き分け路面電車の駅まで走ったが、電車はなかなかやって来ない。じれったくなった僕は、はやる気持ちを抑えきれず交差点で停車していたタクシーの窓を叩いた。

津久多駅から何度も歩いた道。記憶を取り戻した日は乾と二人で汗だくになりながら走り、家庭教師のときはひとりで行き来した。旅行に行った日は、乾が借りた車の助手席。後部座席には沙織がいた。もうすぐあの家が見えてくる。緩やかな上り坂を進むタクシーの後部座席から前方を見つめていると、玄関先に人影を見つけた。中学校の制服を着た女の子が鞄の中をまさぐって、何かを探している。ちょっと待っててくださいと運転手さんにお願いし、僕はタクシーから飛び降りた。

「陽子！」

声にびっくりしたのか、鞄を胸に抱き寄せて身を縮こまらせる。すぐさま僕の顔を確認するとほっと息を吐いたが、突然やって来たことに対する驚きは消えないようだった。

「え。何？」

「行こう。宝石店が見つかったんだ。何か分かるかもしれない」

手の中に家の鍵を握りしめたまま、ますます不安そうな表情を見せるが、お構いなしに彼女の手を引いた。いつになく強引に陽子をタクシーの前まで連れて行くと、運転手さんが口をあんぐりさせながら携帯電話を握りしめていた。

あらぬ誤解を解こうと運転席に回り込もうとした僕は、ふと足を止めた。立ち尽くしたまま僕を見つめている陽子に向かって「早くしないと」と大きな声で呼びかける。

僕の剣幕に負けじと、陽子は「準備してくるから待ってて！」と叫び、家の中に入っていった。すぐに玄関へと戻ってきたその手には、小さな宝石箱がしっかりと納まっている。そこから運転手さんを説得するのに手間取った。やはり慌てて動くとろくなことがない。

「何もそんなに焦らなくたって」

タクシーの後部座席に姿勢よく座っている陽子は、そう言いながらもどこか緊張した面持ちだった。

「ごめん。でもやっぱり、どうしても二人で訪れなきゃって思ったんだ」

教育実習を終えてからの八か月で僕たちは、約束をして会ったりはしないが、たまにメールや電話で近況を報告しあう、付かず離れずの関係を続けてきた。陽子はこの春中学校を卒業し、県内の普通科の高校へと進学を決めているという。

「ちなみに兼くんの分は？」

僕はポケットから財布を取り出すと、小銭入れの中の厳重に包装された指輪を取り出した。

「いつも持ち歩いていたよ。お守りだと思ってね」

財布ごとなくしたらどうすんの、全く不用心だねと陽子は口を尖らせる。

タクシーは順調に進んでいたが、事故だろうか、渋滞に嵌って全く動かなくなってしまった。目的地まではもうすぐだ。僕たちは迷わずタクシーを降りると、一心不乱に走り始めた。

陽子の足は速い。相変わらず僕の少し先を行く。でも、必死で食らいついた。もう二度と見失いたくない。この先に何があろうと。どんな困難が待ち受けていようと——。

大通りに入ると、行き交う人を避《よ》けながら僕たちは走った。足がもつれて何度も転びそうになり、怪訝な視線をあちこちから感じる。それでも僕たちは止まらなかった。

そしてついに辿り着いた。かつて見つけた時よりも新しい外観と、変わらず読みにくい字体で〝ジュエリーショップ〟と綴られた看板。古い理容室は取り壊され、あの宝石店がそこに姿を現していた。二人とも汗だくになりながら膝に手を突き、看板を凝視する。やがて乱れた呼吸が落ち着くと、緊張した面持ちで佇んでいる僕に向かって、陽子が声を掛けた。

「心の準備はいい？　さ、行こう」

ドアを開けると、真新しい木とニスの匂いがする。天井から床まで、展示物なのか売り物なのかはっきりしない絵画や置物や小物の数々が所狭しと並んでいる。店の奥に目をやると、カウンター式のガラスのショーケースが目に入った。僕と陽子が顔を見合わせてそちらに歩み寄ろうとしたとき、カウンターの奥にある扉が開いた。息を呑んで見守る僕ら二人の目に飛び込んできたのは、見知らぬ若い女性の店員だった。

「はやとちりすぎるよね」

　ぶつぶつ言いながら、陽子はどこか吹っ切れたように笑っている。

「ごめん。何も確認せずに。つい……」

　あの老人の姿はなかった。若い女性店員に尋ねても彼のことは知らないという。

「確かにあの宝石店だったのに……未来は変わったのかな。あの店員さんにも迷惑かけたよね。だいぶ変な目で見られたし」

　さっきは必死に駆け抜けた道を、今度はゆっくりと二人で並びながら歩く。

　しばらくすると、拍手と共に「おめでとう」という声がいくつも聞こえてきた。柵の向こうの結婚式場で、若いカップルがたくさんの人たちに祝福されながら笑顔で写真撮影をしている。

「結婚式か……私たちはできなかったもんね」

　僕たちは立ち止まり、彼らの幸せそうな笑顔を見つめた。僕は前と同じように陽子に尋ねた。

「もう一度……結婚したいって思う？」

　陽子は悪戯っぽく視線を向けながら答える。

「誰と？」

「……僕と」

もう一度聞きたいけど聞けなかった問いだった。

陽子はうーんとすっかり暗くなった空を見上げながら答えた。

「なれない。私たちは夫婦になれないよ」

その言葉を聞いて、僕はがっくりとうなだれた。

「……どうして？」

もう会わないと言ったあの日から、陽子の気持ちは変わったのではないかと期待していた。すんなりと受け入れることができず、思わず尋ねた。

「かつて夫婦だった私たちを追いかけるのは、もうやめたから」

陽子はすっきりとした表情で、僕の顔を見つめる。

「ならどうして、また僕と話してくれるようになったの？　ずっと会ってなかったのに」

頬に手を当てて考える素振りをしながら、陽子は答えた。

「教育実習で再会した時にね、また教師になろうとしている兼くんを見て、最初は不安だった。私と一緒になる未来を取り戻すためなんじゃないかって」

やっぱり陽子は見抜いていたのか、とため息をつく。

「そうだよ。教師にならなかったら、僕たちが過ごした未来が消えてしまうんじゃないかって思って。でも、必死になって実習をこなしていくうちに、また〝教師〟としての自分をやり直したいって気持ちが強くなってきたんだ」

陽子はちらりと僕を見て、少し頰を緩めた。

「体育館で再会した後かな。渋谷くんのお姉ちゃんに学級委員の集まりで会った時に、先生の授業はどうって聞いたんだ。ちょっと不器用だけど、一生懸命頑張ってるって。それを聞いて、私が好きになったときの兼くんと一緒だなって気づいたんだ。渋谷くんをなんとかしたいって走り回っている時も、今はこの人の頑張る姿を見ていたいって心から思えた」

また話しかけてくれるようになったのは、そういうことだったのか。僕が教師になるためにサポートしてくれた人たちに感謝しなくちゃいけないなと、しみじみ思う。

「うん。僕は教師として頑張っていくよ。……たとえ陽子と一緒になれなくても」

写真撮影が終わり、新郎新婦が顔を寄せ合って何やら話をしている。ふたりともにこやかで、今この瞬間の幸せを嚙み締めているように見えた。

「ねえ、兼くん。ひとつだけ約束しない？」

「……いいけど、何を？」

通り過ぎる車のヘッドライトに、陽子の顔が照らされる。まっすぐ前を見つめる、迷いのない表情だった。

「私が二十歳になったら、また会おうよ。大人になった私たちが電車の中で再会したのと同じ日に。津久多駅で待ってるから」

「あと四年ちょっと……僕は二十七歳か……それまでは？」

「それぞれの道をしっかり生きるの。新しい環境で、新しい人間関係を築きながら。その間にお互い彼氏や彼女ができるかもしれないけど、それは仕方がないかな」

僕が不服そうな顔をすると、陽子はなだめるように僕の肩を叩いた。

「その代わり、再会した日に語り合おうよ。それまでの間、どんな時間を過ごしたか。どんな自分になったか。その日のために頑張るんじゃなくて、あくまで懸命に生きる日々の中の通過点の一つとしてね」

僕はう－んと首をひねる。それを見た陽子は咳払いをし、こう続けた。

「さっきの言葉、訂正しようか。私たちは夫婦になれない——前みたいに、夫婦としてやり直そうとしている限りは。だから、また出会ったらいい。それぞれの人生を生きてきた者同士として」

「……その先は？」

陽子が笑顔になる。

「魅力的な異性が目の前に現れたら、一緒にいたいと思うんじゃない？　兼くんだってそうでしょ」

〝過去〟をやり直すことは誰にもできない。でも、〝未来〟を新しく築いていくことは誰にだってできる。

明日には過去になってしまう今日という日を、僕たちは懸命に生きていくほかはないのだ。

ずっと手の中に握りしめていた宝石が、きらりと光った。

本書は、小説投稿サイト「エブリスタ」に掲載された「未來の残り香」を
大幅に加筆・修正したオリジナル文庫です。

集英社文庫
エブリスタ発の本

たとえ君の手をはなしても
沢村　基

姉を無差別殺人で喪った透は、事件の真相を知るため、潜入捜査に協力するが……。小説投稿サイト「エブリスタ」の人気作家、堂々のデビュー！

集英社文庫 目録（日本文学）

集英社文庫　目録（日本文学）

集英社文庫　目録（日本文学）

集英社文庫　目録（日本文学）

集英社文庫　目録（日本文学）

津本陽　龍馬四　薩長篇
津本陽　龍馬五　流星篇
津本陽　幕末維新傑作選　最後の武士道
津本陽　巨眼の男　西郷隆盛1～4
津本陽　深《じん》重《じゅう》の海
津本陽　下天は夢か一～四
津本陽　まぼろしの維新　西郷隆盛、最期の十年
手塚治虫　手塚治虫の旧約聖書物語①　天地創造
手塚治虫　手塚治虫の旧約聖書物語②　十戒
手塚治虫　手塚治虫の旧約聖書物語③　イエスの誕生
天童荒太　あふれた愛
戸井十月　チェ・ゲバラの遥かな旅
戸井十月　ゲバラ最期の時
藤堂志津子　かそけき音の
藤堂志津子　昔の恋人
藤堂志津子　秋の猫
藤堂志津子　夜のかけら
藤堂志津子　アカシア香る
藤堂志津子　桜ハウス
藤堂志津子　われら冷たき闇に
藤堂志津子　夫の火遊び
藤堂志津子　ほろにがいカラダ　桜ハウス
藤堂志津子　きままな娘　わがままな母
藤堂志津子　ある女のプロフィール
藤堂志津子　娘と嫁と孫とわたし
堂場瞬一　8年
堂場瞬一　少年の輝く海
堂場瞬一　いつか白球は海へ
堂場瞬一　検証捜査
堂場瞬一　複合捜査
堂場瞬一　解
堂場瞬一　共犯捜査
堂場瞬一　警察《サツ》回りの夏
堂場瞬一　オトコの一理
堂場瞬一　時限捜査
堂場瞬一　グレイ
堂場瞬一　蛮政の秋
堂場瞬一　凍結捜査
堂場瞬一　社長室の冬
童門冬二　全一冊　小説　上杉鷹山
童門冬二　明日は維新だ
童門冬二　全一冊　小説　直江兼続《なおえかねつぐ》　北の王国
童門冬二　全一冊　小説　蒲生氏郷《がもううじさと》
童門冬二　全一冊　小説　新撰組
童門冬二　全一冊　小説　伊藤博文　幕末青春児
童門冬二　異聞　おくのほそ道
童門冬二　全一冊　小説　立花宗茂
童門冬二　全一冊　小説　吉田松陰

集英社文庫　目録（日本文学）

- 童門冬二　上杉鷹山の師 細井平洲
- 童門冬二　巨勢入道河童 平清盛
- 童門冬二　小説 田中久重 明治維新を動かした天才技術者
- 童門冬二　大岡忠相 江戸の改革力 吉宗とその時代
- 童門冬二　渋沢栄一 人間の礎
- 十倉和美　犬とあなたの物語 犬の名前
- 豊島ミホ　夜の朝顔
- 豊島ミホ　東京・地震・たんぽぽ
- 戸田奈津子　スターと私の映会話！
- 戸田奈津子　字幕の花園
- 友井羊　スイーツレシピで謎解きを 推理が言えない少女と保健室の眠り姫
- 伴野朗　三国志 孔明死せず
- 伴野朗　呉・三国志 長江燃ゆ一 孫堅の巻
- 伴野朗　呉・三国志 長江燃ゆ二 孫策の巻
- 伴野朗　呉・三国志 長江燃ゆ三 孫権の巻
- 伴野朗　呉・三国志 長江燃ゆ四 赤壁の巻
- 伴野朗　呉・三国志 長江燃ゆ五 荊州の巻
- 伴野朗　呉・三国志 長江燃ゆ六 巨星の巻
- 伴野朗　呉・三国志 長江燃ゆ七 夷陵の巻
- 伴野朗　呉・三国志 長江燃ゆ八 北伐の巻
- 伴野朗　呉・三国志 長江燃ゆ九 秋風の巻
- 伴野朗　呉・三国志 長江燃ゆ十 興亡の巻
- 鳥海高太朗　天草エアラインの奇跡。
- 永井するみ　ランチタイム・ブルー
- 永井するみ　欲しい
- 永井するみ　グラニテ
- 永井するみ　義弟
- 長尾徳子　僕達急行 A列車で行こう
- 長尾徳子 桑原裕子・原作　ひとよ
- 長岡弘樹　血縁
- 中上健次　軽蔑
- 中上紀　彼女のプレンカ
- 中澤日菜子　アイランド・ホッパー 2泊3日旅ごはん島じかん
- 長沢樹　上石神井さよならレボリューション
- 中島敦　山月記・李陵
- 中島京子　ココ・マッカリーナの机
- 中島京子　さようなら、コタツ
- 中島京子　ツアー1989
- 中島京子　桐畑家の縁談
- 中島京子　平成大家族
- 中島京子　東京観光
- 中島京子　かたづの！
- 中島たい子　漢方小説
- 中島たい子　そろそろくる
- 中島たい子　この人と結婚するかも
- 中島たい子　ハッピー・チョイス
- 中島美代子　らも 中島らもとの三十五年
- 中島らも　恋は底ぢから

集英社文庫

二度目《にどめ》の過去《かこ》は君《きみ》のいない未来《みらい》

2020年3月25日　第1刷　　定価はカバーに表示してあります。

著　者　高梨愉人《たかなしゆじん》

発行者　徳永　真

発行所　株式会社　集英社

東京都千代田区一ツ橋2-5-10　〒101-8050

電話　【編集部】03-3230-6095

【読者係】03-3230-6080

【販売部】03-3230-6393（書店専用）

印　刷　図書印刷株式会社

製　本　図書印刷株式会社

フォーマットデザイン　アリヤマデザインストア　　マークデザイン　居山浩二

ISBN978-4-08-744096-6 C0193